双葉文庫

口入屋用心棒

徒目付の指

鈴木英治

目次

徒目付の指　口入屋用心棒

第一章

一

仁王門を出て大通りを歩きはじめたとき、横合いから呼び止められた。

「――おい」

えっ、と立ち止まった樺山富士太郎《かばやまふじたろう》は首を回し、やや傲慢《ごうまん》さを感じさせる声が発せられたほうを見やった。

半間ばかり離れたところに一人の男が立っている。歳は三十前後か、二本差の侍である。

――この人、今おいらを呼んだんだよね。

侍にじっと目を当てつつも、富士太郎はきょとんとするしかない。そこにいるのは見知らぬ男だったからだ。

鋭い瞳に、鷹の爪のような尖《とが》った鼻が目を引く。身なりはきちっとしており、月代《さかやき》もしっかりと剃《そ》られている。うらぶれた感は一切なく、れっきとした家中の士のように見える。

つと眼差しを和《やわ》らげ、穏やかな表情をみせると、侍はにこにこして富士太郎を見つめた。親しげな笑顔である。

「こちらは母御《ははご》だな」

富士太郎のかたわらに立つ田津《たづ》を見て、侍が快活な口調できいた。

「さすがに親子だ、よく似ておる」

「あのう……」

富士太郎は戸惑いをあらわに、つぶやくような声を出した。

田津に挨拶《あいさつ》しようとしていた侍が首をかしげ、しげしげと富士太郎を見直す。

おや、と小さく声を漏らして、はっとした。

「す、すまぬ」

あわてて頭を下げた侍はうつむき加減のまま、足早に富士太郎たちの前から立ち去った。富士見坂《ふじみざか》のほうへと歩いていく。

「人ちがいだったようね」

侍の後ろ姿を見送って田津がいった。

「はい、そのようで」

うなずきを返して富士太郎は、本当に今の侍と面識がないか、今一度しっかりと考えてみた。

——やっぱり覚えはないよ。おいらの知らない人だね。

「今のお方が存じ上げているお人は、富士太郎に本当にそっくりなのでしょうね」

歩き出しながら田津がいった。道の両側は音羽町《おとわちょう》の町並みが続いている。

「富士太郎は知っているかしら。この世には少なくとも三人は、自分とそっくりな人がいるらしいのよ」

「三人もですか」

目をみはって富士太郎は田津を見た。

「それは存じませんでした。——いったいどんな暮らしを送っているんでしょう」

えっ、といって意外そうに田津が富士太郎を見つめる。

「自分に似た人が、いま江戸の町のどこかで生きているかもしれないのですね。

それがしは町方同心を生業《なりわい》としていますが、先ほどの侍が知っている人は、なにをして暮らしているのか気になりまして。どのような性格なのでしょう。顔が似ると、性格も似てくるのでしょうか」

ふふ、と田津が小さく笑った。

「さあ、どうかしらね。それはともかく、あなたは毎日江戸の町を歩き回っているわけだから、いつか会えるかもしれませんね。――いずれにしろ、そんなことを考えるのは、とても楽しいわね」

「はい、本当に」

笑みをかわしつつ、富士太郎は田津とともにことさらゆっくりと歩いた。

自分とよく似た人がいるのなら、本当にいつか会ってみたいものだねえ。会ったら、どんな気持ちになるのだろう。

その人がどのような人生を送ってきたのか、互いに語り合ってみたい。

――おいらと瓜二つってことを、もしその人が知ったら、町方同心に変装して悪事をはたらくこともできないではないね。でも、おいらに似ているんだったら、きっといい人だろうね。そんな悪いことをするわけがないよ。

首を曲げて、富士太郎は背後を見やった。先ほどお参りしたばかりの護国寺《ごこくじ》の大伽藍《だいがらん》が遠くに見えている。

軽く息を入れてから富士太郎は前を向き、ちらりと田津を見やった。

——こうして母上と二人きりで歩くのはいつ以来だろう。ああ、なんて幸せなんだろうね。ずっとこの幸せが続いてくれたら、こんなにすばらしいことはないよ。

護国寺で富士太郎は、母と忠実な中間《ちゅうげん》である珠吉《たまきち》がいつまでも健《すこ》やかでいてくれることを、ひたすら祈ったのだ。

いま田津の顔色はとてもよい。つやつやして、頭上の太陽の光をはね返している。さすがに目尻や口元のしわは少しずつ深くなっていっているようだが、ちょっと見は二十代の女よりも若いのではないか。

二十代はさすがにいいすぎだけど、これなら当分のあいだ、母上に万が一はなさそうだね。

母上、と富士太郎は心で呼びかけた。どうか長生きしてくださいね。

今のかけがえのない幸福をじっくりと嚙み締めるように、富士太郎は田津に寄り添って歩いた。

一軒の商家の軒下《のきした》に素早く身を寄せて、ふっ、と袋 先伝平《ふくろさきでんぺい》は息を漏らした。軒下から顔をわずかに出し、富士太郎母子のほうをうかがった。二人の姿は、音羽町の雑踏に消えようとしている。

鼻の頭がかゆく、伝平は指でぽりぽりとかいた。五月の初めだから当たり前なのだろうが、今日はかなり陽射しが強く、指先に汗がべったりとついた。

顔を上げて、伝平は向かいの辻にひっそりと立つ頭巾《ずきん》の男を見つめた。すぐさまうなずきを送る。

この暑い中、すっぽりとかぶった頭巾のあいだから瞬きのない目で伝平をじっと見ていた男が、それとわかる程度にうなずきを返してきた。伝平から目を外し、早足で歩きはじめる。

――うまくやれ。

心で念じて伝平は男を見送った。男の姿は、音羽町の町並みにあっさりと吸い込まれていった。

造作もあるまい、と伝平は思った。

――あの男も場数も踏んでいるゆえな。所詮、捨て駒に過ぎぬがな。

案の定《あんじょう》というべきなのか、樺山富士太郎の腕は大したことがなかった。いかにも、のほほんとした顔つきをしており、遣い手という雰囲気はどこを探してもなかった。

先ほど、人ちがいのような顔をして伝平が声をかけたのは、樺山富士太郎が南町奉行所きっての腕利《うでき》き同心と聞いて、腕のほどを確かめたのである。間近で物腰や目の配りを見れば、剣術の腕前を知ることができる。

母親と一緒に護国寺を参詣する富士太郎の風貌を遠目で見て、剣の遣い手ではないと当たりをつけたが、一応は念を入れたのだ。

この俺が、と伝平は思った。町方同心にそっくりの男など、知っているはずがないではないか。

あの程度の腕なら、かどわかすことなど造作もあるまい。ほんの数瞬でやれるだろう。殺すこともたやすい。

もっとも、樺山富士太郎の息の根を止めることはまずないのを伝平は知っている。富士太郎には大事な役目があるからだ。

とにかく、と伝平は思った。お膳立てはととのった。あとは手はず通りやることだ。

そうすれば、すべては必ずうまくいく。

横を歩くせがれに目を当てた。

二

富士太郎には、と田津は思った。今は、これといって大きな事件はないようだ。

疲れたような表情は微塵《みじん》もなく、いかにも富士太郎らしい、のんびりとした顔つきをして歩を運んでいる。

――もっとも、この子は、難儀な事件があったにしても、顔に出すようなことは決してないのだけれど。

「母上、やはり非番というのはいいものですねえ」

富士太郎が伸びやかな口調でいった。田津が見とれるほどのさわやかな笑顔をしている。

――この子、いつからこんなに恰好よくなったのかしら。

「大きな顔をして仕事を休めて、しかも母上と二人きりで護国寺に参詣《さんけい》できるのですから。こんなにうれしいことはありません」

富士太郎を見返して田津は笑みをたたえた。

「本当にそうね。私も富士太郎と二人で出かけられて、こんなに楽しいことはないですよ」

「そういうふうにおっしゃっていただけると、護国寺にお誘いした甲斐があります」

満面の笑みで富士太郎がいった。

それにしても、と田津は富士太郎の笑顔を見つつ、おかしくてならなかった。この子に似ている人がこの世にいるだなんて、ちょっと信じられない。

しかし、ひょっとするとこの江戸の町で暮らしているかもしれないのだ。

本当にどんな人なのかしら。会ってみたいものね。母親の私でも見誤るくらい似ているのかしら。双子だったのではないかって富士太郎自身が疑うほど似ていたら、どうしようかしら。

いらぬ心配をしたことに気づき、田津は苦笑を漏らした。

——本当に立派になったものよねえ。

田津にとって、富士太郎というせがれはなんとも誇らしい。優しいいい子に育ってくれたと心から思う。

夫の一太郎《いちたろう》が遺《のこ》してくれたものはほとんどないが、富士太郎さえいればそれでよい。富士太郎は一太郎の衣鉢《いはつ》を立派に受け継いでいるといっても過言ではないのだから。

まだ二十一と若いのに、南町奉行所一の切れ者とまでいわれている。幼かった頃は泣いてばかりいたこの子が、そんなふうにいわれる日がくるとは、田津は胸が一杯だった。

あとは嫁取りである。所帯《しょたい》を持ち、子をなしてこそ一人前の男だ、と世間ではよくいわれる。世間のいうことがすべて正しいわけもないが、ときおり正鵠《せいこく》を射《い》ていることはある。

「智代《ともよ》さんはどうしているかしら」

顔を上げて田津は富士太郎にいった。素直で心優しい面影が脳裏に浮かんでくる。智代のことを思っただけで、田津はいつも穏やかな心持ちになれる。

富士太郎も同様なのだろう、笑顔で田津を見返してきた。

「今それがしも智ちゃんのことを思い出していましたよ。ゆっくりしてくるようにいっておいたから、まだ一色屋《いっしきや》さんにいるんじゃないでしょうか」

富士太郎の許嫁《いいなずけ》である智代は八丁堀《はっちょうぼり》の屋敷で同居しているが、今日、用事があって実家の一色屋に行っているのだ。一色屋は日本橋堀江町《にほんばしほりえちょう》一丁目の呉服屋で、奉公人を五十人以上も抱える大店《おおだな》だ。

「そうね、たまには息抜きしてほしいもの。存分に羽を伸ばせるといいですね」

「母上と一緒にいて、息が詰まるようなこと、智ちゃんに限っては、あり得ないと思いますよ」

「あら。ならば、智代さん以外のほかの人なら息が詰まることがあるのかしら」

「そうですねえ。あるかもしれませんねえ」

「私ってそんなに口うるさいかしら」

「いえ、うるさくなどありませんよ」

「本当かしら」

「本当です。母上はとても優しい人ですから」

富士太郎、と田津は口調に少し厳しさを込めて呼びかけた。

「智代さんと早く一緒になりなさい」

「もちろん、そのつもりでいます。それがしは母上のおっしゃる通りにいたします」

「おまえは、いつも返事だけはいいんだから。本当にちゃんとしなきゃ駄目ですよ。智代さんを悲しませるようなことになったら、私が許しませんからね」

「はい、よくわかっております」

元気よく返事をした富士太郎が、ふと気づいたようにあたりを見回しはじめた。

「ああ、ここはもう小日向東《こひなたひがし》古川町《ふるかわちょう》ですよ」

いかにもうれしげにいった。

「あら、そうなの」

ということは、もうとっくに音羽町の町並みは過ぎ去ったということになる。

富士太郎の縄張内ということだが、護国寺のほうまで出かけることのほとんどない田津には、まったく土地鑑《とちかん》がない。

「小日向東古川町といえば、あなたがお世話になっている湯瀬《ゆせ》さまの長屋があるのではありませんか」

思い出して田津はいった。

「さようです。そこの路地を入っていったところですよ」

右手を伸ばし、富士太郎が田津に上機嫌に教える。

「湯瀬さまは今いらっしゃるかしらね」

田津がきくと、富士太郎が首をひねった。

「さあ、どうでしょう。いらっしゃるかもしれませんが……。なかなかお忙しいお人ですからね」

「富士太郎、挨拶に寄る気はないのですか」

「一人ならば行きたいところですけど、今日は母上が一緒なので、やめておきます」

あら、と田津はいった。

「私はよろしいのですよ。あなたは湯瀬さまに日頃からお世話になっているゆえ、母親として私もきっちりと挨拶しておきたい気持ちはあります」

「だったら、寄っていきましょうか」

花が咲いたように顔を輝かせて富士太郎がいった。その表情を見て、むっ、と田津は顔をしかめた。

「あなた、本当は湯瀬さまにお目にかかることが目的で、今日の参詣先を護国寺にしたのではないでしょうね」

「いえ、そんな気は……。いえ、少しだけありました」

うつむき気味に富士太郎が認める。

「富士太郎、あなた、まだ湯瀬さまのことが好きなのではないでしょうね」

目をわずかに尖らせて田津は問うた。

「好きは好きですよ」

胸を張り、富士太郎がきっぱりと答えた。

「でも、今それがしがいちばん好きなのは智ちゃんです。智ちゃんがこの世で最も大事な女性《にょしょう》です。――あっ、もちろん母上のことも大事に想っていますよ」

富士太郎は、嘘はついていない。それを田津は確信している。もともと幼い頃から、嘘やいいわけはほとんど口にしない子だった。

「それを聞いて安心しました」

田津が胸をなで下ろしたとき、頭巾の侍が一人、足早に近づいてきた。頭巾をすっぽりとかぶった侍の両目が、異様にぎらついている。その目が富士太郎を見つめていた。

富士太郎に害意を抱いているのではないか。そう感じた田津は、すぐさま富士太郎の前に出ようとした。

「むっ」

頭巾の侍に富士太郎も気づき、腰を落として身構えるや長脇差に手を置き、田津をかばうように侍の前に立ちはだかった。

頭巾をかぶっている侍は一本差で、浪人のような着流し姿である。

富士太郎の動きを見たのか、侍が歩調をゆるめた。同時に、目の光も和らいだ。笑みも見せたようだ。

「あっ」

声を上げた富士太郎が、長脇差から手を離した。どうやらその侍が誰かわかったらしい。二人は知り合いなのだ。田津はほっとした。

富士太郎は侍の名を呼ぼうとしたらしいが、侍が頭巾の口のところを人さし指で押さえたことで、とどまった。

田津にうなずきかけてから、富士太郎のほうから侍に近づいていった。

「なにかありましたか」

小声できいたのが田津の耳に届いた。

「実は——」

ちらりと田津を見て、頭巾の侍がやや横柄《おうへい》さを感じさせる口調で告げた。

「この近くで、湯瀬直之進《なおのしん》どのとおぼしき亡骸《なきがら》が見つかったのだ」

「ええっ、直之進さんの……」

驚きのあまり、富士太郎が絶句する。なんと、と田津も言葉がない。

「そ、それは、な、なにかのまちがいです。ええ、そうに決まっています」

つっかえつつも富士太郎が断言する。

「直之進さんは、おいそれとくたばるような人じゃありません。あの人は不死身ですからね。殺されても、死ぬような人ではありません。生き返るんですよ」

富士太郎が口から泡を飛ばして力説する。

「樺山どのがそういうのなら、本当に不死身かもしれぬが……」

富士太郎を見る目に哀れみを宿して、頭巾の侍が言葉を切った。

「とにかく、見つかった亡骸が湯瀬どのなのか、それともちがうのか、そのことをそれがしは確かめたいのだ。もし湯瀬どのでないのなら、それはそれでよい。改めて身元確認をすればよいだけの話ゆえな」

「は、はい」

ごくりと唾を飲み込んで、富士太郎がうなずく。

「樺山どの、湯瀬どのの長屋はこの近くのはずだが」

「そ、そうです。その路地を入っていったところです」

息継ぎをした富士太郎が指をさした。首を縦に動かし、頭巾の侍が続ける。

「長屋には、湯瀬どののご内儀がいらっしゃるはず。見つかった亡骸が湯瀬どのかどうか、ご内儀に確かめてもらおうと思って、それがしはここまでやってきたのだ」

湯瀬どののご内儀は、と田津は考えた。おきくさんというはずだ。二月《ふたつき》ほど前、二人は一緒になったばかりである。

それがまさかこんなことになろうとは。田津は暗澹《あんたん》とせざるを得ない。富士太郎のいう通り、なにかのまちがいであることを祈るばかりである。

――いえ、まちがいに決まっているわ。

「でしたら」

毅然として富士太郎がいった。

「まずは、それがしが直之進さんの亡骸かどうか確かめさせていただきますよ」

頭巾越しに侍が安堵したのがうかがえた。

「まことか。樺山どのに確かめてもらえるのであれば、それがしはむしろありがたい」

「では、さっそくまいりましょう」

「ならば、湯瀬どののご内儀に知らせるのはこちらの女性に頼めるかな。――樺山どの母御だろうか」

「はい、さようです」

一歩前に出て、田津は頭巾の侍に告げた。

「あなたさまのおっしゃる通り、私が長屋にまいり、おきくさんにこのことを知らせます。――湯瀬さまの亡骸かもしれぬ遺骸が見つかったのはどちらですか。おきくさんが長屋にいたら、連れてまいりますので」

「かたじけない。見つかった場所は、江戸川《えどがわ》沿いのこの先、中ノ橋《なかはし》の袂《たもと》にござる」

「母上、よろしく頼みます」

顔色を青くしつつ、富士太郎がいった。

「もしおきくちゃんが長屋にいなかったら、米田屋《よねだや》さんに行ってみてください。母上、米田屋さんの場所はわかりますか」

「わからないけれど、確か同じ町内でしょう。人にきけばわかるにちがいないわ」

「ああ、そうですね」

「樺山どの、早くまいろう」

目を険しくして頭巾の男が急《せ》かす。

「承知しました」

返事をした富士太郎は田津に一礼し、頭巾の侍とともに道を駆け出した。二人の姿は雑踏にのみ込まれ、すぐに見えなくなった。

着物の裾をひるがえし、田津も走りはじめた。路地に入る。すぐに長屋の木戸が見え、それをくぐった。

――ここね。

木戸から数えて、三つ目の障子戸の前で田津は足を止めた。どんどん、と障子戸を叩く。

「はい」

男の声で応《いら》えがあった。これは、と田津は目をみはり、同時に首をひねらざるを得なかった。

音を立てて障子戸が開いた。一人の男が顔をのぞかせる。

目が合った。おや、という顔で男が田津を見る。一瞬、誰かわからなかったようだが、すぐに目の前にいるのが田津であると覚ったような表情になった。

顔を下げて、田津は男の足を見た。ちゃんと二本の足がついている。

田津は顔を上げ、眼前にいる男の面《おもて》をしっかりと見た。

精悍《せいかん》そうな顔がこちらを見つめ返している。

——湯瀬さまだ。まちがいない。

田津は何度も会ったことがあるわけではないが、全身から醸し出される、いかにも剽悍《ひょうかん》そうな雰囲気は一度会ったら忘れられるものではない。

しかし、どういうことだろう。湯瀬さまになにごともなかったのは喜ぶべきことだが、だったら亡骸で見つかった人は誰なのだろう。私たちとは縁もゆかりもない人なのだろうか。

声を発するのも失念し、田津はひたすら頭の中で考えを巡らせた。

直之進の顔は視野に入っているが、ろくに見えていなかった。

三

目の前に立つ女性を見つめ、湯瀬直之進はごくりと喉仏《のどぼとけ》を上下させた。

そこにいるのは、富士太郎の母親である田津にまちがいない。

いったいなにがあったというのか、田津はなにもいわずに立ち尽くし、こちらをじっとにらみつけるようにしている。

鬼の形相《ぎょうそう》というほどではないが、ただならぬなにかがあったのは紛れもない。

「どうかされましたか」

田津に向かって直之進はできるだけ平静な声を投げた。

はっ、と田津が我に返ったような顔つきになった。目をぱちくりとして、直之進を改めて見る。

「湯瀬さま、い、生きておられましたか」

安心したような声を田津が放った。安堵の思いがあまりに強すぎて、今にもへなへなとしゃがみ込みそうだ。

「わたくし、心からほっといたしました」

いったいなにをいっているのだろう、と直之進は首をかしげた。

「それがしが死んだと、田津どのは誰ぞにお聞きになったのですか」

冗談めかして直之進はたずねた。

「さるお武家から伝えられました」

冗談は通じず、神妙《しんみょう》な顔で田津が返す。

「それはどういうことでしょう」

さすがに直之進は驚きを隠せない。妙な話としかいいようがない。

なにがあったのか、田津が手短に説明する。

田津の話を聞き終えて直之進は呆然《ぼうぜん》とした。

「なんと、そのようなことがあったのですか」

「頭巾の侍の話を聞いて、とにかく富士太郎もわたくしもびっくりいたしました。こうして湯瀬さまのなにごともないご様子を拝見し、わたくし、胸をなで下ろしております」

田津が深い息をついた。

「ご覧の通り、それがしはぴんぴんしております。見つかったという亡骸が、それがしでないのは確かです」

胸を張って直之進はいった。

「——富士太郎さんは、その頭巾の侍と一緒に亡骸が見つかった場所に向かったのですね」

「ええ、さようです」

田津の説明を聞いても、どういうことなのか、直之進はさっぱりわからない。

だが、先ほどからなにやら胸騒ぎがしてならない。

——富士太郎さんの身になにもなければよいが……。

直之進を見つめて、田津が口を開いた。

「遺骸で見つかったというのは、湯瀬さまではなかったのですね。亡くなった人には申し訳ないのですが、湯瀬さまでなくて、わたくし、心よりよかったと思います」

田津は、胸のつかえが取れたというような顔をしている。間を置くことなく、言葉を続けた。

「富士太郎も頭巾の侍に、湯瀬さまはそんなにたやすくたばるような、あ、これは失礼なことを。ともかくそのようなお方ではないといっていましたが、本当にその通りだったのですね。今頃、まちがいだと知って、富士太郎も安堵していることでしょう」

「田津どの、今すぐにまいりましょう」

口調に真剣さをにじませて、直之進は田津をいざなった。

「えっ」

田津は、直之進がなにをいっているのか、意味がわからなかったようだ。戸惑いの色を顔に浮かべている。

「それがしのものらしい亡骸が見つかった場所に、今から行くのです」

直之進は、富士太郎のことが案じられてならない。行くのなら、一刻でも早いほうがいいのだ。

「えっ、今からですか」

「さようです。田津どのは亡骸が見つかった場所をご存じなのでしょう」

「は、はい。頭巾の侍から聞きましたので」

田津を押し戻すようにして、直之進は長屋の路地に出た。

「さあ、田津どの、まいりましょう」

「しかし、亡骸は人ちがいだったのですから、すぐに富士太郎がこちらにやってくるのではありませぬか」

富士太郎さんは来ぬのではないか。直之進はそんな気がしてならない。

「富士太郎さんのことが、それがしは案じられてならぬのです」

「どういうことですか」

不安の思いをあらわに田津がきく。

「それは、遺骸の見つかったという場所に着いたらお話しします」

「さようですか」

「田津どの、息は大丈夫ですか」

「はい、大丈夫です」

「では、場所を教えていただけますか」

「わかりました。江戸川に架かる中ノ橋の袂でございます」

田津が橋の名を口にする。

それを聞いて直之進は障子戸を素早く閉めた。田津を気遣いつつ、路地を小走りに走り出す。長屋の木戸をくぐり抜け、田津とともに通りに出た。

「ここからは少し足を速めますよ」

「承知いたしました」

そうはいっても、やや歳のいった足弱《あしよわ》を連れて全力で走るわけにはいかない。逸《はや》る気持ちを抑えつけ、直之進はそれから五町ばかりをゆっくりと駆けた。

「田津どののいわれた場所は、このあたりのはずですが」

足を止めて直之進はいった。

「それが中ノ橋でございますか」

「さようです」

「でしたら、まちがいないと思います。中ノ橋の袂だと頭巾の侍はいっていましたから」

気をゆるめることなく、直之進はまわりの町並みに目を当てた。田津も同じようにしている。

「富士太郎はおりませんね」

不思議そうに田津がいった。

あたりには平穏さが漂っており、とくだんに変わった様子もない。田津のいう通り、富士太郎の姿もなければ、頭巾の侍もいない。

田津は、狐につままれたような顔をしている。無理もない。あたりには死骸が出たというようなざわつきなどまったくなく、人々の落ち着かなげな雰囲気など、どこを探してもなんら感じられないのだ。

「あの子、いったいどこに行ってしまったのでしょう。まさかわたくし、場所を聞きまちがえたのではないでしょうか」

田津は、しくじりを犯してしまったのではないかというような、不安げな顔つきをしている。

「いえ、まちがいないと思います」

腕組みをし、直之進は厳しい顔をつくった。口を開き、自らの思いを田津に告げる。

「この場所に着いたらお話しすると、先ほどそれがしは申し上げました」

「はい」

真剣な顔で田津が直之進を見上げる。

「あまり考えたくはないのですが、富士太郎さんの身に、なにかよくないことが起きたのではないか、とそれがしは思います」

「よくないことでございますか。湯瀬さま、それはいったいどういうことでしょう」

田津が眉を曇らせる。

「富士太郎になにがあったと、湯瀬さまはおっしゃるのですか」

田津にきかれて直之進はかぶりを振った。

「それはまだわかりませぬ。ただ、それがしの名を使って富士太郎さんはおびき出されたのではないかと思われます」

「富士太郎がおびき出された。そのような……」

目を地面に落とし、田津が沈思《ちんし》の表情になる。眉間《みけん》に太いしわが寄っていた。

顔を上げ、田津が直之進を見つめる。

「湯瀬さま、わたくしはいったん屋敷に戻ろうと思います」

「えっ」

意外な思いに直之進は打たれた。この場で、まさか田津がそんなことをいうとは思いもしなかった。

「もしかすると、富士太郎は屋敷に戻っているかもしれませんし」

それは、と直之進は思った。まずあり得ぬのではないか。

「しかし……」

「大丈夫です」

自らにいい聞かせるように、田津がきっぱりといった。

「あの子はもう大人です。なにがあろうと、自分の力で切り抜けられるはずです」

二十一の若さですでに番所一の切れ者といわれているくらいだからそうかもしれぬが、と直之進は思った。相手は俺の名を出して、富士太郎さんを誘い出したのだ。こちらのことを知り尽くしているのではないか。たやすく逃れられるような甘い相手ではないのではないか。用意周到に策を練ったような気がしてならない。

「しかし田津どの——」

強い眼差しを当てて直之進は語りかけた。

「もし富士太郎さんが仮に危難を脱しているとしたら、それがしの長屋へと一目散にやってきているのではありませぬか。田津どのがそれがしどもの暮らす長屋に知らせに走ったことは知っているわけですし。しかしながら、ここまで来る途中、我らは富士太郎さんに会わなかった。これは、富士太郎さんがいまだに危難を脱していないことを、あらわしているのではないでしょうか」

冷静さを保ちつつ直之進は力説した。

「はい、それはよくわかっています」

力なく田津が顎《あご》を引いた。

「正直にいえば、わたくし、富士太郎が危うい目に遭っているかもしれないことを、認めたくないだけなのです」

涙をこらえるような顔で田津が吐露した。

ああ、そういうことだったか、と直之進は納得した。田津の気持ちはよくわかる。人というのは誰しも、我が身には災厄や不幸などは降りかかることがないと考えたがるものだ。

「富士太郎の身に、本当になにかあったかもしれませぬ。それでも、わたくしは一度、屋敷に帰ろうと思います。もし富士太郎の身になにか起きたとするなら、番所からなんらかの知らせが届いているかもしれませぬし」

それに、と直之進は思った。もし富士太郎が何者かにかどわかされたとしたら、下手人からつなぎが入っているかもしれない。

「わかりました」

直之進は田津に深くうなずいてみせた。

「それがしは今しばらくこの場にとどまり、なにか目にした者がいないか、きいてみることにします」

「さようですか」

一瞬、田津の脳裏を、直之進の手伝いをしようか、との思いがかすめたらしいが、すぐに、自分にはなにもできることはない、と考え直したようだ。

「湯瀬さま、どうかよろしくお願いいたします。わたくしは、これから八丁堀に戻ることにいたしますので」

これ以上、引き止めても仕方がない。だが、直之進はまだ田津と別れるわけにはいかなかった。田津からきき出さなければならないことがある。

「富士太郎さんに声をかけてきた頭巾の侍ですが、名乗らなかったのですね」

「はい、名乗りませんでした。富士太郎も呼ぼうとしませんでした」

これはどういうことか。名を呼ばれると、不都合なことがあるということか。

そのことを富士太郎もすぐに覚ったから、名を口にしなかったのか。

「頭巾の侍はどんなしゃべり方でしたか」

「少し傲慢さが感じられました。上から富士太郎のことを見ているというのか」

傲慢さか、と直之進は思った。となると、富士太郎より身分は上ということか。

頭巾の侍が、役人ということは考えられる。しかし、役人が富士太郎のことを害するだろうか。

役人だから害さぬ、と考えるのはおかしいだろう。人にはいろいろな者がいる。役人にも悪人というべき者はいくらでもいるだろう。そういう者が富士太郎に牙をむいたのかもしれない。

それとも、と直之進は思った。頭巾の侍は代々頼《だいだいだの》みで富士太郎を頼りにしている大名家か旗本家の者だろうか。

だが、代々頼みとは、町なかで家中の者が不始末を起こしたとき内々で済ませられるように、町奉行所の与力や同心に昵懇《じっこん》の者をつくっておく仕組みである。頼りにすべき者に、傲慢な口のきき方をするだろうか。

もともと傲慢な者は相手が誰であろうと口のきき方は変えないだろうが、ともかく代々頼みの者ではないかもしれぬ。

「頭巾の侍の身なりは」

軽く咳払《せきばら》いをし、直之進は新たな問いを発した。

「地味な感じの衣服を身につけていました。一本差で、着流し姿でした。歳のせいか、はっきりとは覚えておりませぬが、紺色の着物だったように思います」

紺色の着物か。江戸の町で最も目にする色である。逆にいえば、最も目立たない色ということだ。

「着流し姿で一本差ということは、浪人と見てよろしいのでしょうか」

直之進は確かめるようにいった。

「確かに浪人のように見えました。でも、落ちぶれたような感はまったくなく、物腰はむしろ堂々としていました」

堂々とした物腰か。浪人でもそういう者はいくらでもいるだろう。だが、と直之進は心中で首をひねった。実際には浪人ではないのではないか。そんな気がしてならない。

やはり役人だろうか。役人だとして、なにゆえ浪人のような形《なり》をしていたのか。形を変える必要があったということか。つまり、なにか隠密《おんみつ》の役目を担っており、その頭巾の侍は浪人の形をしていたということではないか。

隠密仕事でいつもとは異なる恰好をしていることを富士太郎さんも覚り、頭巾の侍の名を呼ぶのをはばかったのではないのか。

本来の恰好とはちがう身なりをしていても、それが不思議ではないと思える役目についている者ということか。頭巾の侍が隠密仕事をする役人だとして、それはどんな者なのだろうか。

いわゆる忍びといわれる者か。それとも直之進の知らない、そんな役目を負う者がいるのだろうか。

直之進をじっと見て田津が口を開いた。

「あの侍がかぶっていた頭巾は、この暑さゆえ、異様さを放っていました。頭巾からのぞいている目だけが油を塗ったようにぎらついており、あの侍が心に秘めている強い意志をわたくしは感じました」

目のぎらつきは富士太郎さんを害してやろう、という思いが面に如実《にょじつ》にあらわれていたのではないか。そんなことを直之進は考えた。

「頭巾になにか徴《しるし》となるようなものはありませんでしたか」

直之進はさらに田津に問うた。

「いえ、これといってなかったように思います。どこにでもあるような頭巾に見えました。どんな柄だったかも覚えていません」

田津が直之進を上目遣いに見る。

「湯瀬さまは、やはり富士太郎になにかあったとお考えなのですね」

「さようです。先ほども申し上げましたが、それがしの名を使い、富士太郎さん一人をおびき出したということが、なにやらきな臭さを感じさせます」

「湯瀬さま、こたびは富士太郎のしくじりでお騒がせしてしまい、まことに申し訳ございません」

「富士太郎さんにはなんの罪もありませぬ」

まさか田津からそんな言葉が出てくるとは思わず、直之進はあわてていった。

「それがしのものらしい亡骸が見つかったと聞いてすぐさま駆けつけてくれるなど、それがしはとてもありがたいと感じています」

「でも、あの頭巾の侍のいいなりになってついていってしまうなど、町方役人としてあまりに考えなしではないでしょうか」

「事件となれば、なにも考えずに足を運ぶ。それは町方役人の習《なら》い性《しょう》でしょう。富士太郎さんを責めることはできませぬ」

直之進はやんわりと田津にいった。田津が納得したような顔を見せる。

「さようですね。考えてみればわたくしも頭巾の侍の言葉に乗せられて、なんの疑いもなく湯瀬さまの長屋を訪ねたのですから、富士太郎のことをどうこういうことはできませせぬ」

「とにかく――」

直之進は強い口調でいった。

「それがしは富士太郎さんを捜し出すことに全力を傾けます」

「ありがとうございます。よろしくお願いいたします。では湯瀬さま、わたくしは失礼いたします」

丁寧《ていねい》に腰を折る田津に、直之進はすぐさま声をかけた。

「富士太郎さんのことでなにかわかったら、必ずお伝えします。富士太郎さんが見つかれば、すぐに屋敷にお連れします」

「お待ちしております。湯瀬さま、くれぐれもどうか、よろしくお願いいたします」

身を返した田津が、急ぎ足で歩きはじめる。その後ろ姿が、直之進には不安げに揺れているように見えた。

あの様子で、屋敷まで一人で帰れるだろうか。直之進は気がかりを覚えた。送っていったほうがよいのではないか。

直之進の憂慮《ゆうりょ》の眼差しを感じ取ったかのように田津が五間ばかり歩いたところで静かに振り向いた。直之進にしっかりと向き直り、よろしくお願いいたします、というようにまた丁重《ていちょう》な辞儀をした。

お任せくださいという思いを込めて、直之進も大きく顎を引いてみせた。田津の目に気丈《きじょう》な光が宿っているのを見て、あれなら一人で帰れるだろうと感じた。

再び歩を運びはじめた田津の姿からは、心許《こころもと》なさはきれいに消えていた。さすがに武家の女性だけのことはある、と直之進は思った。やがて田津の姿は、家々の陰に隠れて見えなくなった。

田津を最後まで見送った直之進は、深く息を入れた。

——どういうことなのか、今のところはさっぱりわからぬが、富士太郎さんの身になにかあったのはまちがいあるまい。なにが起きたか、この俺が必ず解き明かしてやる。

もし富士太郎さんが害されたり、かどわかされたりしていれば、この俺が必ず救い出してやる。

富士太郎さんが殺されたということはないと信じたい。殺すだけなら、わざわざ湯瀬直之進の亡骸が見つかったなどという手は使うまい。護国寺を出てきた富士太郎さんに声をかけたその場で、母子もろともばっさりやってしまえばいいはずだ。

もし富士太郎さんの身になにかあったのだとしたら、下手人《げしゅにん》にはなんらかの目的があるということなのではないか。

――今の俺がすべきことは、富士太郎さんを捜し出すことだ。

固い決意を胸に、直之進はさっそく動きはじめた。

目の前を通り過ぎようとした小間物の行商人をまずつかまえ、若い侍と頭巾をかぶった浪人らしい二人連れを見ていないか、きいた。

「いえ、見ておりませんが」

戸惑ったように若い小間物売りが答える。直之進を見る目に恐れが浮いている。あまりに気合を入れすぎて怖い顔をしているのだな、と直之進は覚り、表情を和らげた。

「そうか、足を止めさせてすまなかったな」

「いえ」

かすかに笑みを浮かべた小間物売りが頭を下げ、去っていく。

直之進が次に声をかけようと考えたのは、買物にでも連れ立って出かけるらしい女房衆である。遠慮のない声をあたりに撒き散らして話をしている五人もの女房の足を止めさせるのは、正直、心中ためらうものがあったが、この手の女は町内の事情に通じているし、他の者が見ていないことをちゃっかり目にしている場合も少なくない。話を聞くのに、むしろ恰好の相手といってよい。

それに、なによりも富士太郎のためである。意を決して直之進は女たちに声をかけた。

「ちょっとよいか」

えっ、と先頭を行く丸顔の女がわずかに警戒したような目で直之進を見る。

「おぬしらに、ちとききたいことがあるのだ」

「あら、お侍、おききになりたいというと、どんなことでしょう」

そういって丸顔の女の前に、五人の中で最も歳がいっているらしい女が出てきた。直之進を見てしなをつくり、流し目のような目つきをする。すでに歳は四十をいくつか過ぎているようで、目尻の深いしわが特に目立っている。

それにもかかわらず、この女が男の気を引こうとしていることに直之進はどこか痛々しさを覚えた。この女も田津どののように自然に歳を取っていけばよいのに、と感じた。

「ねえ、すごくいい男ね」

直之進をじっと見て狐顔の女が背の低い女に耳打ちする。

「本当ね、食べちゃいたいくらい」

背の低い女が同意する。

「ご内儀はいらっしゃるのかしら」

いい、ししおきの豊かな女が、うっとりしたような目を直之進に当てている。

「別にいてもいいんじゃない。気にすることないわよ」

狐顔の女がしたり顔でいった。

「つまり、食べてしまえば勝ちってことね」

「そういうことよ」

五人の女は顔を寄せ合い、内緒話の体裁を取ってはいるものの実際には丸聞こえだ。

いい歳をしていったいなにをいっておるのだ、と直之進はあきれたが、その思いを顔に出すことはない。こんなところで腹を立ててもはじまらない。なんといっても、富士太郎のことが第一なのだ。

「おぬしら、若い侍と頭巾の侍という二人連れを見ておらぬか」

深く呼吸をしてから、直之進は女たちにただした。

「あたしは見てませんねえ」

最も歳がいっている女があっさり答えた。

「あなたたち、見たかい」

顔を四人に向けて、きく。

「ううん、見ていませんよ」

かぶりを振り、四人の女が声をそろえた。

当てが外れたか、と直之進は思った。だが、この程度のことで落胆などしていられない。もともと、この町内の者すべてに話を聞く気でいるのだ。きっと富士太郎のことを見ている者にぶち当たるにちがいない。直之進は確信している。

「そうか。足を止めさせてすまなかった」

軽く頭を下げ、直之進は先ほどの小間物売りにいったのと同じ言葉を口にした。

「その二人のお侍がどうかしたんですか」

このまま直之進と別れるのはもったいないとでも思ったのか、ししおきの豊かな女が興味深げな様子できいてきた。

「ちとあってな」

眉根を寄せて直之進は言葉を濁した。富士太郎の身にまだなにがあったか、わかっていないのだ。下手《へた》なことは口にできない。

「どんなことがあったんですか」

食い下がるように、ししおきの豊かな女が問うてきた。

「それを俺も調べているのだ」

やや強い口調で直之進は告げた。

「えっ、あ、ああ、そうなんですか」

ししおきの豊かな女が、少しおびえたように身を引き気味にした。また俺は怖い顔をしているのだな、と直之進は思った。怖がらせるのは本意ではなく、小さく笑みをつくった。

「まずは、その二人連れの侍を見た者がおらぬか、そこからはじめなければならぬ」

自らにいい聞かせるように直之進はいった。

「ああ、さようですか。お侍、がんばってくださいね」

ししおきの豊かな女は、直之進の話に急に関心を失ったようだ。ほかの女も硬い笑みを浮かべ、興が失《う》せたような顔つきをしている。

一刻も早く富士太郎さんを見つけなければならないとの思いが焦りとなって顔や声に出てしまっているようだな。もう少し柔らかくきかぬと肝心なことを引き出せぬ。

「では、これでな。かたじけなかった」

反省した直之進は会釈し、五人の女のそばを離れた。直之進のことなど忘れたかのように女たちはまた声高に話をしながら遠ざかっていく。それぞれが亭主の悪口をいっていた。

息を入れ直した直之進は行き当たる者をつかまえては、次々に同じ質問をぶつけていった。まさに町の者を片《かた》っ端《ぱし》にしていった。

そして半刻ばかり経過したのち、ついに一人の男の子から耳寄りな話を聞くことができた。

「そのお侍たちなら、おいら、見たよ」

まだ十になっていないと思える男の子が胸を張って自慢げにいった。その表情を見る限り、大人の歓心を買うために嘘をいっているようではない。

「一人のお侍は、この暑いのに頭巾をかぶっていて、すごく目立ったもの」

「どこで見た」

勢い込んで直之進はたずねた。

「おいらが、あそこで独楽《こま》を回しているときだよ」

肉のついていない頼りなさそうな手を上げ、男の子が左側を指さす。

五間ばかり離れたところに、狭い路地がぽっかりと口を開けていた。

「あそこで一人で遊んでいたら、二人のお侍がやってきたんだ」

そうか、と直之進はいった。

「小僧、名はなんという」

目の高さを男の子に合わせて、直之進はきいた。

「小一郎《こいちろう》だよ」

声を張って男の子が答えた。

「小一郎か。よい名だな」

よくいわれているのか、小一郎がにこにこした。

「いくつだ」

「七つ」

手習所《てならいじょ》には行っていないのだろうか。

「手習所は今日、休みなんだ」

直之進の思いを読んだかのように小一郎がいった。

「急にお師匠さんが熱を出してしまったんだよ。いま寝込んでるんだよ」

「そうか、大事なければよいな」

「大丈夫だよ。お酒を飲み過ぎただけだから」

なに、と直之進は目を見開いた。

「お師匠さんはふつか酔いなのか」

「そうだよ。お酒が大好きで、ふつか酔いのたびに熱が出たっていって、手習所を休みにするんだよ」

「なんだ、そういうことか」

直之進は拍子抜けした。手習子《てならいこ》より酒が大事なのだろうか。手習師匠として失格なのではないか。そんなことを思いながら直之進は、小一郎、と話しかけた。

「その二人の侍はどこに行った」

詰問の口調にならないよう心がける。

えっ、と困ったような顔になり、小一郎が宙を見つめた。

「あの二人のお侍がどこに行ったかは、おいらにはわからないよ」

「すまぬ、きき方が悪かったな。二人はどちらの方角へ行った」

「あっちのほうだよ」

安堵したような顔で、小一郎が東のほうへ手を伸ばした。

「東に向かって二人は連れ立って歩いていったのか」

ううん、と小一郎が首を横に振った。

「そこの空き家の軒下に、駕籠《かご》が長いこといたんだよ。おいらは誰を待っているのかなあって思っていたんだけど、その駕籠に、若いお侍が乗せられたんだ」

――富士太郎さんは駕籠に乗せられたのか。

だが、直之進らしい死骸がどこにもないことを知ったはずの富士太郎が、おとなしく駕籠に乗るとは思えない。

「駕籠に乗った若い侍は、あらがっては……いや、暴れてはいなかったか」

「ううん、おとなしいものだったよ。あのお侍、きっと酔っていたんじゃないかなあ。うちのおっとうが酔っ払ってぐでんぐでんになったときと、よく似ていたから」

富士太郎さんは気絶させられたのだ、と直之進は覚った。後ろから殴られたかしたにちがいない。

ごくりと直之進は唾を飲み込んだ。ひどく喉が渇いているが、今は我慢するしかない。

「駕籠はどんな駕籠だった。辻駕籠か」

ううん、と小一郎がかぶりを振った。

「立派な駕籠だったよ」

権門《けんもん》駕籠だろうか、と直之進は想像した。

「担ぎ手は何人だった」

「四人だよ」

「その駕籠には引き戸がついていなかったか」

「ついてたよ」

「やはり権門駕籠と考えてよいようだな」

顎を引いて直之進はつぶやいた。

「権門駕籠か。あの駕籠は、そういうふうに呼ぶんだよね。前に豪助《ごうすけ》ちゃんがそんなことをいってたもの」

「豪助というのは」

「隣のお兄ちゃん」

おそらく、小一郎は長屋に住んでいるのだろう。男の子は年上の幼なじみにまじって遊ぶことで、町のしきたりや長幼《ちょうよう》の序《じょ》、世間の仕組みまでも覚えていくものだ。

「二人の侍と四人の担ぎ手のほかに人はいなかったか」

直之進は新たな問いを小一郎にぶつけた。

「いなかったよ」

「小一郎、頭巾の侍に見覚えはないか」

「顔は見えなかったしなあ。とにかく知らないお侍だったよ」

「駕籠の担ぎ手に知った者はいなかったか」

「うん、いなかった。知ってる人だったら、おいらは声をかけてるからね」

うむ、と直之進は首を縦に動かした。

「小一郎、いろいろとありがとう、助かった」

「おいら、本当にお役に立てたの」

つぶらな瞳をきらきらさせて小一郎がきく。

「ああ、本当だ。ありがたかった」

手を伸ばし、直之進は小一郎の頭をなでた。財布を取り出し、駄賃を与えようとした。

「いらないよ」

きっぱりと小一郎が首を振った。

「おっかさんからいわれてるんだ。人に親切にするのは当たり前、お駄賃なんかもらったら親切じゃなくなっちまうって」

なんとすばらしいことをいう母親だろう、と直之進は感動した。きっと小一郎はまっすぐ育っていくにちがいない。

「本当にいらぬのか」

それでも一応、直之進は確かめた。

「うん、いらないよ」

幼さを感じさせない恬淡《てんたん》とした口調で小一郎が答えた。そうか、といって直之進は財布をしまい込んだ。

「よし、俺も小一郎を見習うことにしよう。決してなにも求めることなく人に親切にする、そのことを信条にこれからの人生を生きていく」

「この前、お師匠さんがいってたよ。信条を持つことはとても大事だって」

「そうか。よいことをいうお師匠さんだな」

「うん、とても優しいお師匠さんだよ」

ふつか酔いで手習を休むような師匠でも、手習子にはなつかれているようだ。

「かたじけなかった。小一郎、また会おう」

「うん、また会えたらいいね」

「俺は湯瀬直之進という。小日向東古川町に住んでいる。小一郎、もしなにか困ったことがあれば、必ず力になろう。そのときは米田屋という口入屋を訪ねよ。米田屋からすぐに俺につなぎが入るゆえ」

「米田屋さんなら、おいら、知ってるよ。おっとうがお世話になってるもの」

「おっ、そうなのか」

「おいらのおっとう、包丁人《ほうちょうにん》なんだよ。店をやめてしばらく遊んでまた次を探すっていうときに、米田屋さんを頼りにしているみたいだよ」

「ほう、そうだったのか」

小一郎の父親は一つの店に落ち着かず、半季奉公を繰り返しているのかもしれない。

「小一郎、では、これでな」

直之進はにこやかに別れを告げた。

「うん、またね」

弾けんばかりの笑みを浮かべて、小一郎が手を振る。

それに笑顔で応えた直之進は、土を蹴って走り出した。富士太郎を乗せた駕籠がどこへ向かったか、次はそれを確かめなければならない。

道で行き当たる者だけでなく、茶店や八百屋《やおや》、豆腐屋など店の者にも、東へ向かった権門駕籠を見ていないか、直之進は次々にきいていった。

安藤坂《あんどうざか》を上がって小石川伝通院《こいしかわでんづういん》の門前をさらに東に進む。水戸藩上屋敷の裏手を抜けた。

富士太郎を乗せた権門駕籠はこのあたりの武家屋敷にでも入っていったのだろうか。それとも、もっと先に行ったのか。そうではなく、南北どちらかへの道を取ったのか。

直之進は辻で立ち止まり、あたりを見回し、権門駕籠がどちらに向かったか、目星をつけようとした。

だが、わからない。

えい、ままよ。こっちだ。

勘にしたがって直之進は南に向かって地面を蹴った。
五、六町も駆けてみたが、権門駕籠を見ている者に会うことは一度もなかった。
それならば、と直之進は北へ駆けた。だが、こちらでも数町行っても権門駕籠を目にした者を見つけることはできなかった。

くそう。心中で毒づいたものの、直之進はあきらめることなく今度は東へ走り出した。

だが、十町ほど行ったところで足を止めた。権門駕籠を見ている者に当たらない。

富士太郎を乗せた権門駕籠は、忽然《こつぜん》と消えてしまった感じだ。

やはり、と直之進はあたりをじっくりと見渡した。このあたりのどこかに権門駕籠は入っていったのではないか。

おや、あれは。

北東の方角に広大な杜《もり》が見えている。

寛永寺《かんえいじ》だろう。

いつの間にか直之進は寛永寺のそばまで来ていることに気づいた。とすると、このあたりは本郷《ほんごう》か。

権門駕籠が、寛永寺に入っていったというようなことはあるのだろうか。考えられぬことはない。境内《けいだい》には数え切れないほどの塔頭《たっちゅう》がある。その中に権門駕籠は入っていったのかもしれない。

いや、それはあまりに考えすぎか。富士太郎は町方である。寺社奉行の管轄である寛永寺の者に、うらみを持たれるようなことがあるとは思えない。しかも、寛永寺は徳川家の菩提寺《ぼだいじ》である。

寛永寺ではなくとも、この近くのどこかに富士太郎を乗せた権門駕籠は運び込まれたと考えてよいのではないか。

ふう、と直之進は大きく息をつき、両肩を上下させた。少し体から力が抜けた。力んでいては、うまくいかない。直之進は目を上げ、あたりを見回した。

――下手人の目的がなにかはまだ知れぬが、富士太郎さんが今どこにいようと、必ず賊の手から救い出さねばならぬ。

直之進はこの町の自身番に向かって歩きはじめた。

自身番の戸は開いていた。ごめん、といって直之進は土間に入り込んだ。

小上がりのような三畳の畳敷きの間に座り込んでいた三人の男が、一斉にこちらを見た。

「どうかされましたか」

手にしていた湯飲みを静かに置いて、年かさの町役人《ちょうやくにん》がこちらに向き直り、穏やかにきいてきた。

「この町は樺山富士太郎さんの縄張か」

「はい、さようでございます。毎日の御見廻りの際、樺山さまは必ず手前どもに声をかけてくださいます。今日は非番とのことで、お見えになっていませんが」

「そうか、ならば富士太郎さんのことはよく存じているのだな。実は――」

土間に立ったまま直之進は、三人の町役人に向かって、富士太郎の身になにが起きたのか、つまびらかに語った。

「なんですって」

年かさの男の腰が浮き、曲がっていた背が伸びる。他の二人の町役人も驚いて膝立ちになった。

「樺山さまがさらわれたかもしれないのでございますか」

信じられないという思いを面一杯にあらわして、年かさの男が直之進を見つめる。

「そうだ、まずまちがいなかろう」

「権門駕籠に乗せられたとおっしゃいましたが、いったい誰の仕業《しわざ》でしょう」

目を血走らせて年かさの町役人がたずねた。

「それはまだわからぬ」

直之進はできるだけ冷静な態度を心がけて答えた。

「――おぬしら、すぐに使いを走らせて、番所にその旨を伝えてくれぬか」

「お安い御用でございます」

口をがくがくさせながら、年かさの町役人がいった。

「すぐに番所に知らせます。――こいつは一大事だ」

年かさの町役人のしわ深い顔が赤らんでいる。だいぶ興奮しているようだ。若さが戻ってきたような顔つきになっている。

「錦三《きんぞう》さん、佃助《でんすけ》を呼んできてくれないか」

年かさの町役人が、同じように血相を変えているやや若い町役人に頼んだ。

「承知いたしました」

錦三と呼ばれた町役人が立ち上がり、直之進に会釈して自身番から出ていった。

直之進は年かさの町役人に目を注いだ。

「俺は小日向東古川町に住む湯瀬直之進という。樺山富士太郎さんとは親しくさせてもらっている者だ」

「さようでしたか」

「俺はこれから八丁堀に行き、富士太郎さんの母御に会う。富士太郎さんの身になにが起きたか、伝えるつもりだ」

気持ちのよい役目とはいえないが、自分以外、やるべき者はいない。

「では、番所へのつなぎをよろしく頼む」

念を押すようにいって直之進は自身番をあとにした。

「承知いたしました」

年かさの町役人の声が追いかけるように背中にかかった。

走り続けて四半刻ばかりが経過したと思える頃、直之進はこぢんまりとした屋敷の前で足を止めた。

ほとんど息は上がっていない。それでも、直之進は少し呼吸をととのえた。汗はだいぶかいている。袂《たもと》から豆手ぬぐいを取り出し、汗を拭いた。

目の前の樺山屋敷の門は開いている。昼の長い時季だが、あたりにはすでに夕刻の気配が降りはじめていた。樺山屋敷は無人であるかのようにひっそりとしている。

一礼して門を入った直之進は敷石を踏み、玄関で訪《おとな》いを入れた。

すぐに応《いら》えがあり、田津が廊下を滑るようにやってきた。式台《しきだい》に正座し、直之進を見上げる。

「湯瀬さま、いらっしゃいませ」

田津は直之進の後ろに富士太郎がいることを期待していたようだ。案の定というべきか、富士太郎がこの屋敷に戻ってきていないことを直之進は覚った。

みるみるうちに、田津の瞳に落胆の色が広がった。

「やはり、富士太郎はあの頭巾の侍になにかされたのでございますね」

首を垂《こうべ》れて、田津が力なくいった。

「うむ」

直之進は小さく顎を動かした。今はほかになんといえばよいか、わからなかった。

そのとき若い女が奥から姿をあらわした。廊下を急いでやってくる。そこだけ光を浴びたように明るく輝いていた。

「智代どの」

直之進はうなずきかけた。久方ぶりに智代に会ったが、以前よりもずっと美しくなっている。自分のことをずっと慕っていた富士太郎が、この女性に惚《ほ》れたのもわかるというものだ。容姿がきれいというだけでなく、智代は心ばえも美しいのである。

見方を変えれば、智代のほうも富士太郎という男と知り合い、一緒になる約束をしたからこそ、生まれ変わったかのように光り輝いているのであろう。富士太郎はとてもいい男なのだ。富士太郎の妻になれる女性は運がよい。

「湯瀬さま、いらっしゃいませ」

すがるような眼差しを直之進にぶつけて、智代が田津の後ろに端座する。

咳払いをして直之進は二人の女性に真剣な目を当てた。自身番の町役人たちにしたように、富士太郎がどうなったか、知っている限りのことを田津と智代に語った。

「権門駕籠に乗せられた……」

田津が呆然としたようにいった。智代は声が出ないようだ。

「権門駕籠の行き先は、結局わからなかった。田津どの、智代どの、お二人は、富士太郎さんから寛永寺のあたりのことについて、なにか聞いたことはないか」

「寛永寺のあたりのことでございますか」

つぶやくようにいって田津が沈思する。智代も考え込んでいる。

「いえ、わたくしはございません」

やがて途方に暮れたような顔を上げて、田津が答えた。

「私もでございます」

申し訳ないという思いを顔一杯に浮かべて、智代がいった。

「なにも思い出すことができず、本当にすみません」

「いや、謝ることはないのだ」

田津も智代も気丈さを保とうとしているが、富士太郎が何者かにかどわかされたと聞いて、これ以上ない衝撃を受けているのは明らかだ。なにかの拍子に床に臥《ふ》せってしまいかねない危うさを二人とも秘めている。

特に、田津のほうだ。以前、富士太郎から話を聞いたのだが、田津は幼かった富士太郎にかなり厳しかったらしい。

しかし、その厳しさも、きっと富士太郎かわいさゆえだったのだろう。厳しくせずに甘やかしてしまうことで、富士太郎が役人として役に立たぬ者となることを、一番に恐れたのではあるまいか。

ようやく育て上げ、目論見通り富士太郎も一人前の町方同心になってほっと息をついたとき、こんなことが起きたのだ。神経がやられ、体や心がまいってしまうのも当たり前ではないか。

この二人の女性のためにも、と直之進は思った。富士太郎さんを取り返さなければならぬ。二人に無事な姿を見せねばならぬ。それこそが俺の役目だ。

だからといって、頭に血を上らせて勢い込んでも、いい結果にはつながらぬ。ここは冷静に事態を見極め、対処しなければならぬ。

「番所から、富士太郎さんについてなにかつなぎはありましたか」

平静な口調で直之進は田津にただした。

「いいえ、ございませぬ」

唇を噛み締め、田津が残念そうにいった。富士太郎をさらった下手人からもなんのつなぎもないことは、田津や智代の様子からはっきりしている。

「さようですか」

少し間を置いてから直之進は田津と智代に語りかけた。

「ここ最近、富士太郎さんのまわりでおかしな様子はありませんでしたか」

「おかしな様子でございますか」

「妙な目を感じたとか、あとをつけられたとか、怪しい人影を見たとか、そのようなことを聞かされませんでしたか」

式台に座した田津が首を回して智代を見る。顔を上げ、智代が目を合わせた。

「なかったように思います」

首を戻した田津が直之進にいった。

「あれば、富士太郎はきっとわたくしたちにいっていたと思います」

その通りだろうな、と直之進は思った。なにもなかったからこそ、富士太郎はあっさりと騙《だま》され、連れ去られてしまったのだろう。

「ところで、今日、富士太郎さんは非番だったと聞きましたが、田津どのと護国寺に行くことは前から決まっていたのですか」

「いえ、前からではありませぬ。今日は所用があり、朝から智代さんは実家に戻っていました。帰りは夕刻であるのがわかっていたのです。富士太郎が、たまには二人でどこかに出かけませんか、と誘ってきたのです」

　少し疲れたように田津が言葉を切った。

「いいですよ、とわたくしは答えました。そうしたら富士太郎が、護国寺はどうかな、といったのです。わたくしは護国寺にはしばらく行っていなかったので、是非まいりましょう、と答えました」

「なにゆえ富士太郎さんは護国寺を選んだのでしょうか」

「湯瀬さまのお住まいが近くにあるからだと思います」

　迷うことなく田津が断言した。

「えっ、まことですか」

「はい。非番の日も富士太郎は、湯瀬さまの息づかいが感じられる町にできるだけ身を置いていたいと考えているのではないか、と思われます」

　智代の前でずばりいわれて、直之進は戸惑った。ただし、智代にはまったく動揺はないようだ。

少し息を入れて田津が続ける。

「それは湯瀬さまのことをおなごのように慕っているのではなく、子犬が兄弟犬にじゃれつきたいのに似ているのだとわたくしは思いっています。富士太郎はいつでも湯瀬さまのそばにいられたらいい、と本人はあまり意識することなく、考えているのだと思います」

そういうことか、と直之進はなんとなくだが、富士太郎の思いを解した。

「田津どの、智代どの」

真摯《しんし》な口調で直之進は呼びかけた。

「それがしが富士太郎さんを必ず取り戻すゆえ、お二人はこちらで帰りを待っていてくださらぬか」

しばらくのあいだ、田津は直之進にいわれた意味を考えていたようだ。

「賊の矛先《ほこさき》が富士太郎だけでなく、わたくしたちにも向くことを、湯瀬さまは恐れていらっしゃるのですね」

「そういうことです」

「わかりました」

田津がきっぱりといった。

「わたくしたちは湯瀬さまからの吉報を待つことにいたします」

田津の深い信頼が感じられ、直之進は心が熱くなった。

「かたじけない」

直之進の頭は自然に下がった。

「田津どの、智代どの、もしなにか思い出したこと、思いついたことがあれば、どんなに些細《ささい》なことと思えても、遠慮なくそれがしに知らせてくださらぬか」

「承知いたしました。富士太郎がさらわれたことを、これから上役の荒俣《あらまた》さまに知らせようと存じますが、それは構いませんね」

荒俣というのは与力で、確か土岐之助《ときのすけ》という名だったはずだ。

「もちろんだ」

本郷四丁目の自身番から、使いが町奉行所に到着した頃かもしれない。とにかく定廻《じょうまわ》り同心がかどわかされたと知れば、町奉行所は一斉に動き出すだろう。自分一人で動くよりも、ずっと探索は進展を見せるはずだ。

今日はもう日が暮れる。長屋に帰って体を休め、動くのは明日の夜明け前からだ。

そう心に決めて、直之進は樺山屋敷をあとにした。

四

はっ、とした。

富士太郎は目を覚ました。

暗い。

いや、そうでもない。一本のろうそくが壁際に揺らめいているのが、見えた。

その明かりは富士太郎のいる一室をぼんやりと照らしている。

ここはどこだろう。

まわりは板で囲まれている。

なぜおいらはこんなところにいるのか。

富士太郎が転がっているのは土間である。地面に当たっている背中が、ひんやりと冷たい。土間の広さは六畳ばかりで、さして広くもない。土間のほかに、なにもない。この建物は物置のようなつくりらしい。

なにがなんだかさっぱりわからないけれど、いつまでも横になんかなっていられないよ。

よっこらしょ、といって富士太郎は起き上がろうとした。だが、どういうわけか体が自由にならない。

――なんだい、これは。

手にがっちりと縛《いまし》めをされていることに、富士太郎は初めて気づいた。

なんだい、これは。

怒りが込み上げてきて、手をがむしゃらに動かす。だが、頭がずきん、とひどく痛んだ。目がくらむような痛みで、富士太郎は我知らず、ああ、と声を上げていた。

頭を抱え込みたいくらいの痛みだったが、それも縛めのせいでできなかった。

富士太郎はじたばたするのをやめた。頭に走った鋭い痛みでなにが起きたのか、思い出したのだ。

――おいらは山平伊太夫《やまひらいだゆう》におびき出されたんだ。直之進さんらしい亡骸が見つかったと嘘をいわれて、あとをついていったんだよ。

小日向東古川町から五町ばかり走って、直之進らしい亡骸が見つかったという橋の袂にどきどきしながら立ったとき、いきなり後ろから殴られたのだ。そこからの記憶がまったくない。

おいらは気絶しているあいだに、この建物に連れてこられたということなんだね。

確か、と気を失う直前のことを富士太郎は思い起こした。

――路地の近くに権門駕籠らしいのが置いてあったけど、あれに乗せられて、ここまで運ばれたんだろうね。権門駕籠を用意してあるなど、ずいぶん用意周到だね。おいらが今日、母上と一緒に護国寺に行くことを、山平伊太夫はどうやって知ったのだろう。護国寺行きは急に決めたことだったのに。

そういえば、と富士太郎は田津のことを考えた。母上は大丈夫だろうか。なにかひどい目にあっていないだろうか。

大丈夫だと信じたい。

母上は、おきくちゃんと会えただろうか。いや、そうではなく、直之進さんと会ったんじゃなかろうか。直之進さんは死んでなんかいやしない。無事に決まっているんだからさ。きっとあのとき長屋にいたにちがいないよ。

長屋を訪ねた母上はびっくりされたんじゃないだろうか。亡骸が見つかったといわれた当の直之進さんが出てきたんだろうから。そうだよ、直之進さんは死んでなんかいやしない。亡骸が見つかったというのは、おいらをおびき出すために使った口実に過ぎないんだからね。

それにしても、と思って富士太郎は横になったまま狭い建物内を見回した。

いったいここはどこなんだい。

何度考えたところで、わかるはずもない。外から、餌《えさ》でもついばんでいるらしい鳥の鳴き声が聞こえている。

強く吹いているらしい風の音も伝わってくる。その風にあおられたわけでもなかろうが、ろうそくの炎がちらちらとふらつき、板づくりの建物の中にいくつかの影をつくった。

首を上げた富士太郎の影も土間から壁まで伸びて、ふらふらと揺れている。

もう夜が近いのは、まちがいないような気がする。夏だが、少しだけ冷え込んできているのだ。

——外の鳥たちは夕餉《ゆうげ》を食べているんだろうね。頭を殴られたときは昼過ぎだったけど、おいらが気を失っているあいだに夜が間近まできちまったんだね。だとしたら、けっこう長く気絶していたことになるねえ……。

腹は減っていない。護国寺に参詣する前に田津と蕎麦切《そばき》りを食べたのだ。蕎麦切りが腹持ちがよいと思ったことはないが、意外にそうでもないのかもしれない。

そんなことを考えた途端、いきなり腹の虫が鳴いた。食べ物のことが頭をよぎったせいかもしれない。

となると、やはり相当の時がたっているのはまちがいないようだね。

腹の虫は鳴り続けている。

いや、空腹などどうでもいいよ。おいらをこんな目に遭わせて、山平伊太夫はいったいどういうつもりなんだろう。決して許さないよ。磔《はりつけ》にしてやりたいほどだね。いや、きっと磔にしてやるよ。

富士太郎がむかっ腹を立てたとき、外から心張り棒《しんばりぼう》が外されるような音が響いてきた。おっ、と富士太郎がそちらに顔を向けると、からり、と音を立てて板戸が開いた。

戸口に人影が立っている。その向こうはすでに闇が広がっていた。暗さの中、すっきりと手入れされた一本の立木が見えた。

「失礼する」

丁寧にいって入ってきたのは、山平伊太夫である。

じたばたと体を揺すって富士太郎は起き上がり、あぐらをかいた。そのせいでまた頭の痛みがひどくなったが、かまわず人影をにらみつける。

「山平伊太夫っ」

富士太郎は怒鳴りつけるようにいった。さらに頭の痛みが増し、目の前で火花が散った。目を閉じそうになったが、負けるもんかい、と富士太郎はまぶたに力を込め、伊太夫をにらみ続けた。

「ずいぶん怖い顔をしておるな」

笑いを含んだ声で伊太夫がいい、後ろ手に戸を閉めた。立木が見えなくなった。伊太夫は頭巾をすでに取っているが、かぶっていたとき同様、小さな目は相変わらず、ぎらついている。

月代はしっかりと剃ってあるが、額《ひたい》が狭いせいで、どこか猿《ましら》に似ている。唇は上下ともにひどく薄く、情などかけらもないように見える。

「当たり前だよ」

怒りをぶつけるように富士太郎は吼《ほ》えた。

「直之進さんは生きているんだろうね」

今は黒っぽい小袖《こそで》を身につけている伊太夫が苦笑してみせる。

「おぬし、湯瀬直之進のことが今でも好きでならぬのだな。なにゆえこうしてかどわかされたか、俺にきく前に湯瀬のことをたずねるなど、よほど惚れておるとみえる」

「湯瀬直之進という男には惚れているよ。それだけの人だからね。それでどうなんだい、直之進さんは生きているんだろうね」

「生きているに決まっておろう」

せせら笑って伊太夫が首肯《しゅこう》する。

「嘘じゃないだろうね」

「嘘ではない。こんなことで嘘をついても、つまらぬ」

その言葉を聞いて富士太郎は、胸をなで下ろした。

「山平伊太夫、なぜこんな真似をしたんだい」

伊太夫をねめつけて、富士太郎は改めてきいた。できるだけ冷静になろうと今は決めている。心を高ぶらせたままだと、見逃すことがあるような気がしてならない。

「なにゆえおぬしをかどわかしたか。それについては、まだいう気はない。いずれ教えてやる。待っておれ」

「今いうんだよ」

「いま教える気はないといった」

「山平伊太夫、こんなことをして、ただですむと思っているのかい」

伊太夫の身分を慮《おもんぱか》って富士太郎はきいた。

「さあな」

「おまえは徒目付《かちめつけ》なんだよ。わかっているのかい。おまえ、お役を棒に振るつもりかい」

「自分が徒目付であるなど、おぬしにいわれるまでもない。おぬしとは番所で何度も顔を合わせているしな。徒目付を棒に振るもなにも、町方同心をかどわかしておいて、罪に問われぬとは思っておらぬ」

徒目付は目付の配下である。幕府内の役人に非違《ひい》がないか目を光らせたり、江戸市中に紛れ込んで異変が起きる兆《きざ》しがないか探ったりすることが主な役目である。

当然のことながら町奉行所にも見廻りでやってきては詰所の端に座り込み、与力や同心たちの働きぶりを黙って見つめていることが多い。その様子はいかにも気味が悪く、町奉行所の者のほとんどが怖気《おじけ》を震っている。

だが、富士太郎は山平伊太夫に悪い感情を抱いたことはなかった。

それなのに、こんなことをするなんて──。

裏切られた気分だ。

伊太夫の歳は、確か三十代の半ばではなかったか。剣の遣い手であるという評判を聞いたことがある。

眼差しの酷薄さからして、冷徹な剣を遣いそうだ。

直之進さんと、どっちが強いんだろう。なに、おいらは馬鹿なことをいっているんだい。直之進さんと山平伊太夫が比べものになるわけ、ないじゃないか。こんなやつ、おいらだって勝てるよ。なにしろおいらには〝おいらは湯瀬直之進だよ剣法〟があるんだからね。

おいらは湯瀬直之進だから誰にも負けるはずがないんだよ、と富士太郎が自らに暗示をかけて直之進になりきり、相手に挑む戦法のことだ。

「樺山、きさま、なにをぶつぶついっているんだ」

「うるさいよ。山平伊太夫、おまえ、破滅するよ。わかっているのかい」

「人はいつか死ぬ。それが破滅であろうと俺はかまわぬ」

「いい死に方でないのは、はっきりしているよ」

「もともといい死に方など望んでおらぬ。ところで樺山、腹は減っておらぬか」

「減っているといったら、なにか食べさせてくれるのかい」

「むろん食わせてやるさ。きさまを飢え死にさせるつもりはない。樺山、なにか食べたいものがあるのか」

「ないよ」

ふん、と鼻を鳴らして富士太郎は答えた。

「意地を張らずともよい」

「張ってないよ。本当に減ってないんだ」

「こんなところに閉じ込められたくらいで、腹が空かなくなるなど、意外に小心よな。樺山、食いたくなったら遠慮なく大声を出せ」

「わかったよ」

大声を出したところで近隣に人家などないことを、伊太夫は暗に伝えたのだろう。

「とにかく樺山、元気そうで安心したよ。ちと強く殴りすぎたかと思ったのでな」

「ああ、あれはおまえが殴ったのかい。あんなの、屁でもないよ」

「強がりだな」

「強がりなんかじゃないよ」

「気絶したではないか」

「あれは芝居だよ」

ふっ、と小さな笑いを伊太夫が漏らした。

「駕籠に乗せられたのもわからなかったくせに。樺山、では、またな」

くるりと体を返した伊太夫を、富士太郎は、おい、と呼び止めた。

「なんだ」

ぴたりと足を止め、伊太夫が振り向く。ぎろりとした目を富士太郎にぶつけてきた。

「一つきいてもいいか」

負けじとにらみ返して富士太郎はいった。

「答えられることなら答えてやろう」

伊太夫が傲然《ごうぜん》と胸を張った。

「おまえは、どうしておいらが今日、護国寺に行くことを知っていたんだい」

それか、と伊太夫がにやりと笑った。

「つい先日、俺が番所に行ったとき、非番の日にどこかに出かける予定だと、おぬしは話していたな。覚えているか」

「ああ、よく覚えているよ」

詰所で非番の日の過ごし方を、親しい先輩同心と話したのだ。確かにあのとき伊太夫が詰所にいて、目を光らせていた。

「おまえ、おいらたちの話を聞いていたんだね。でも、あのとき護国寺に行くとはいってないよ」

「だが、非番の日にどこかに出かけるつもりだと俺にはわかった。ゆえに、夜明け前から俺は八丁堀の近くに権門駕籠を待たせ、担ぎ手とともにおぬしの屋敷近くに身をひそめ、張っていたのだ。そうしたら、おぬしが母御とともに屋敷を出てきた。俺はすぐに担ぎ手を権門駕籠に走らせ、俺のあとを追うように命じたのだ」

「小日向東古川町から五町ばかり離れたところで、権門駕籠が待っていたね。おいらの行く先もわからなかったのに、どうしてあんな真似ができたんだい」

「おぬし、本当にそれがわからぬのか」

富士太郎を心底、馬鹿にしたような笑いを伊太夫が見せた。

「よくわかっているよ」

唇を噛み締めて富士太郎はいった。

「護国寺まで足を運んだおいらが、あの近所に住む直之進さんの家のそばを通らないわけがないと踏んだんだね」

「そういうことだ。家に寄らぬまでも、必ず近くまで行くことはわかっていた。おぬしに、湯瀬直之進の亡骸が見つかったといえば、居ても立ってもいられなくなるからな」

「直之進さんの亡骸が見つかったとおきくちゃんに知らせる名目で、おいらと母上を離れればなれにすることもできたしね」

「そういうことだ」

伊太夫が深くうなずく。

「よく考えたものだね。おまえの知恵かい」

ふふ、と伊太夫が笑った。

「さて、どうかな」

果たして伊太夫の狙いはなんなのか、と富士太郎は思案した。

一介《いっかい》の徒目付に過ぎない男が、なにゆえここまでやったのか。

背後に黒幕はいないのか。

黒幕の後ろ盾があるからこそ、ここまでできたということは考えられないか。

さまざまな疑問が富士太郎の胸中でふくれ上がってきたが、その答えは伊太夫からもたらされそうにない。

「おい、樺山、本当に腹は空いておらぬのか」

「空いてないよ」

素《そ》っ気《け》なく富士太郎はいった。

「どこまでその強がりが続くかな」

戸を開け、伊太夫が出ていった。さっきより深まった闇が、富士太郎の目に映り込んだ。乾いた音を立てて戸が閉まり、伊太夫の姿が消えた。

ふう、と息をついて富士太郎はゆっくりと土間に横たわった。

頭の痛みはだいぶ収まっている。

眠れれば寝てしまおう、と富士太郎は思った。そうすれば、空腹も紛れる。

母上や智ちゃんは心配しているだろうね。すまないね、こんなことになっちまって。

でも母上、智ちゃん、おいらはこんなところでくたばるような男じゃないからね。必ずまた会えるから待っていておくれよ。

富士太郎はそっと目を閉じた。

五

膳の上に箸《はし》を置いた。

「ごちそうさま」

笑顔で直之進はおきくに礼を述べた。

「お粗末さまでした」

頭を下げたおきくを直之進はじっと見た。

「おきく、まだ夜明け前だというのに、朝餉を食べさせてくれて心から感謝している」

「いえ、だって富士太郎さんを助けるためですから。私ができるのは、これくらいしかありません。富士太郎さんを助け出す役目のあなたさまのほうがずっと大変です」

「うむ。必ず富士太郎さんを見つけ出してみせる」

直之進はすでに確信を抱いている。

「はい。私は信じています。――あなたさま」

かしこまっておきくが呼んだ。

「義兄《にい》さんに富士太郎さんのことを話さずとも、よろしいのですか」

義兄さんとは、平川琢《ひらかわたく》ノ介《すけ》のことだ。双子のおれんとおきくの姉であるおあきと所帯を持ち、今は亡き光右衛門《みつえもん》の跡を継いで口入屋米田屋の当主となり、大車輪の働きを見せている。

「おきく、富士太郎さんのことは、そなたから話してくれるか」

「もちろんです。今日、店に行ったら必ずお話しします」

「琢ノ介は顔を合わせれば富士太郎さんと口喧嘩ばかりしているが、本当は富士太郎さんのことが弟のようで、かわいくてならぬのだ。――おきく、今から昨日の調べでわかったことを話すゆえ、琢ノ介に伝えてくれ」

「承知いたしました」

茶を喫して唇を湿し、直之進は話し出した。

直之進の話を聞き終えて、おきくが大きくうなずいた。

「覚えました。今日、義兄さんに今のお話のすべてを伝えようと思います」

「頼む。おきくから話を聞けば、琢ノ介はやつなりに富士太郎さんの行方を調べはじめるのではないかと思う。琢ノ介は江戸生まれではないが、土地鑑はある。俺よりも早く富士太郎さんの行方を突き止めるかもしれぬ」

「はい」

「おきく、では俺は出かけるぞ」

「行ってらっしゃいませ」

立ち上がり、直之進は刀架《とうか》の大小を手に取った。それを腰に差す。

土間に降りて直之進が雪駄を履いたとき、足音が聞こえてきた。それが直之進の店《たな》の前で止まった。

「むっ」

腰を落とし、直之進は障子戸の向こう側の気配を探った。じき夜明けを迎えようとするこの刻限に、いったい誰がやってきたというのか。ただし、気配には剣呑《のん》なものは含まれておらず、殺気はまったく感じられない。

――まさか、また田津どのということはないだろうか。

とんとんと控えめに障子戸が叩かれた。

「どなたかな」

油断することなく直之進はきいた。

「俺だ」

俺だと、と直之進は心中で首をひねった。名乗らずにこんなことをいうとは、ずいぶん親しげではないか。

この声には聞き覚えがある。しかも、最近聞いたばかりだ。

「鎌幸《れんこう》か」

ぴんときた直之進は、障子戸に向けて声を放った。

「そうだ。開けてくれ」

鎌幸はもともとは駿州《すんしゅう》沼里《ぬまざと》の嘉座間《かざま》神社の宮司《ぐうじ》の三男だが、嘉座間神社の神宝で何者かに盗まれた名刀三人田《さんにんだ》を取り戻すという名目で江戸に出てきたという。しかし、実際には悪さばかりして沼里にいられなくなり、江戸に逃げたというのが本当のところらしい。風魔《ふうま》忍者の末裔《まつえい》ということで、江戸ではその手の組に入り込み、忍びの技を磨いたようだ。厳しい修行に耐えたらしく、足を斬られながらも、斬った当人である直之進が瞠目《どうもく》するほどの技を披露《ひろう》したこともある。

今は、偽の名刀をつくっては、好事家《こうずか》に売りつけている采謙《さいけん》という男の手下だといっていた。

「なんの用だ」

わずかに口調を強めて直之進はきいた。

「開けてくれたら話す」

「鎌幸、一人か」

「そうだ」

振り返り、直之進はおきくを見た。

「開けてもよいか」

「お知り合いですか」

「そうだ。沼里の者だ」

「でしたら、お上がりになってもらってください」

「よいのか。真っ当な男とはとてもいえぬぞ」

「湯瀬どの、なんという言い草だ」

障子戸越しに鎌幸がいった。

「上がってもらってください」

「わかった」

気をゆるめることなく直之進は障子戸を開けた。いかにも目端《めはし》の利きそうな男がそこに立っていた。脇差を一本、腰に差しているだけだ。小石川伝通院近くの旗本屋敷から取り戻したはずの三人田も持っていない。

「なに用だ」

鎌幸を凝視して直之進はたずねた。

「まずはご内儀がいわれたように、上がらせてくれぬか」

「わかった」

直之進は身を引き、鎌幸を土間に入れた。振り返って路地をおそるおそるのぞき見てから、鎌幸がそっと障子戸を閉める。

追われているのか、と直之進は感じた。

「座れ」

直之進が指し示したところに、鎌幸が素直に正座する。直之進はその前に座った。

「おぬし、狙われているのか」

「えっ」

あっけにとられたように鎌幸が直之進を見つめる。

「上がるとき、いかにも怖そうに路地を見ただろう」

「ああ。どうも俺は狙われているようだ」

真剣な顔で鎌幸が認めた。

「誰に狙われているというのだ」

「それがわからぬ」

途方に暮れたように鎌幸が首を振った。

「誰とも知れぬ者に狙われているのか」

「そうだ。湯瀬どの、おぬし、用心棒だろう。この身を守ってくれぬか」

「今はできぬ」

「なにゆえ」

どうして断らなければならないのか、直之進は鎌幸に説明した。

意外そうな目を鎌幸が直之進に注いだ。

「ほう、何者かに町方同心がかどわかされたというのか」

「そうだ。友垣《ともがき》の一大事だ」

「なるほど、そちらを優先せねばならぬというわけか。では、金を弾むといっても、無駄なのだな」

「そういうことになるな。金の問題ではないゆえ」

「友垣の一大事が出来《しゅったい》しているのでは、俺を守ってくれとは、とてもいえぬな。わかった、湯瀬どの、今の話は忘れてくれ」

「すまぬな」

「なに、謝ることはない」

そうはいったものの、鎌幸は明らかに落胆している。気の毒に思ったが、今の直之進に鎌幸の役に立つことはできない。

「では、これでな」

立ち上がり、鎌幸は土間で雪駄を履いた。外の気配をうかがってから障子戸を開けた。

「また会おう」

直之進だけでなくおきくにも小さく頭を下げて、鎌幸が路地に出る。振り向くことなく走り出したと思ったのも束の間、あっという間に姿は消えていた。

――浅手だったが、足の快復も早いな。風魔の末裔というのも、あながち偽りとは思えぬ。

不意に直之進は喉の渇きを覚えた。ちょうど鎌幸のためにおきくが茶をいれていた。障子戸を閉めた直之進はそれをもらって飲んだ。

また路地を人がやってきた気配があった。控えめに障子戸が叩かれる。

また来たのか、とつぶやいて直之進は障子戸を横に滑らせた。

そこに立っていたのは小柄な影だ。

「珠吉……」

「湯瀬さま」

珠吉は、悲しみを一杯にたたえた表情をしている。

「湯瀬さまはこれから旦那の探索に出られるんでしょう。あっしも加えてもらえませんか」

「だが、番所のほうでも富士太郎さんのことは調べているだろう。そちらに加わらずともよいのか」

「大丈夫です。あっしは湯瀬さまこそが旦那を見つけてくれるお方だと信じていやす。少しでもそのお役に立てれば、と思ってやってまいりやした」

珠吉の目は赤い。寝ておらぬな、と直之進は察した。

「気持ちはよくわかった。珠吉、力を合わせて富士太郎さんを捜し出そうではないか」

「ありがとうごぜえやす」

直之進が快諾すると、深々と珠吉が頭を下げた。

探索の経験が豊富な珠吉なら、直之進の足りないところを補ってくれるにちがいない。

「よし、珠吉、まいろう」

深くうなずいた珠吉が、直之進の背後に目をやる。頭を下げた。

「おきくさん、湯瀬さまをお借りいたします」

「どうぞ、存分に使ってやってください」

珠吉を励ますように、おきくが朗《ほが》らかにいった。

「ありがとうごぜえやす」

再び礼を口にした珠吉とともに直之進は路地を歩きはじめた。

長屋の木戸を抜けて、通りに出る。まだ夜は明けておらず、暗さがかたまりとなって残っている町には人《ひと》けはほとんどない。蔬菜《そさい》売りの百姓や豆腐売り、魚売りたちの影がちらほらと見えているだけだ。

こんなに早くから働いている者がいることに、直之進は新鮮な驚きを覚えた。

「何者に富士太郎さんはかどわかされたのか。珠吉、心当たりはないか」

歩きながら直之進はきいた。

「昨日、旦那の行方知れずを聞いてから、あっしもさんざん考えやしたが、わかりやせんでした。お役目柄、旦那にうらみを持つ者はいくらでもいるでしょうが、その手の者が襲ったとしたら、兆しのようなものが必ずあったはずなんです」

「それが今回はなにもなかったというのだな」

「さようで。おととい、あっしは旦那と見廻りに出たんですが、いつもと変わらなかったですからね。あっしがもっと気を張っていれば、気づいたかもしれやせんが」

「いや、本当になにもなかったのだろう。おそらく下手人は、はなから富士太郎さんの非番の日に決行すると決めていたに相違ない。それまで気配を覚られぬよう、おとなしくしていたのだろう」

「そういうことですかい」

珠吉が悔しげに首を振る。

「それで湯瀬さま、今はどちらに向かっていらっしゃるんですかい」

「富士太郎さんがかどわかされた場所だ」

「でしたら、中ノ橋のそばですね」

「そうだ。昨日、俺はあの界隈《かいわい》でいろいろな者に話を聞いたが、まだまだ聞き漏らした者がいくらでもいる。今日はその者たちを当たるつもりだ」

「それはいい考えですね」

中ノ橋は、小日向東古川町から江戸川沿いに五町ばかりしか離れていない。中ノ橋の袂に着いた直之進たちはさっそく聞き込みをはじめた。富士太郎をさらうための権門駕籠が置かれていたあたりを、特に念入りに調べた。

夜が明けて四半刻ばかりたったとき、一軒の家の前に縁台を出して座り込んでいる一人のばあさんから、これは、という話を聞くことができた。

「ああ、あそこの空き家の前に昨日、権門駕籠があったねえ。あたしは、はっきり覚えているよ」

ばあさんの家から権門駕籠の置かれていた路上まで、半町ばかりある。

「あの空き家は、前は豆腐屋だったんだよ。先代のときは味もよくて、大忙しだったんだけど、せがれが跡を継いだら途端に味が落ちちまってねえ。それで、売上ががた落ちになっちまってさ、結局あの家は借金の形《かた》に取られちまったんだよ。それからはずっと空き家のままだよ。場所も悪くないのに、どうしてか、買い手がつかないみたいだねえ」

「ばあさん、駕籠のことで耳寄りな話を知っているといったが、それはどのようなことかな」

我慢できずに直之進は急かした。

「ああ、ごめんよ。あたしは話が長くてさ。死んだ亭主にもよく叱られたものさ。死んだ亭主といえば、あの男は酒と博打《ばくち》に目がなくてねえ。あたしゃ、泣かされたものさ」

「ばあさん、駕籠のことを話してくれねえか」

横から珠吉が凄みを利かせていった。

「ああ、そうだったね。あんた、ずいぶん怖い顔をするねえ。短気だと長生きできないよ。うちの亭主も短気だったもの。——ああ、駕籠のことだったね。昨日あたしがちょっと買物に出たとき、あの空き家の前に立派な駕籠が置いてあったのさ。駕籠かきが四人いて、そのうちの一人に見覚えがあったんだよ」

「知り合いか」

勢い込んで珠吉がきいた。

「知り合いじゃないね。磐之助《いわのすけ》と一緒にいたのを見たことがあるんだよ。あれはもう半年以上も前だけどね、あたしゃ、物覚えにはこう見えても自信があるんだよ」

その通りだろう、というように直之進は大きくうなずいた。

「磐之助というのは」

これは直之進がたずねた。

「やくざ者だよ」

吐き捨てるようにばあさんがいった。

「うちの亭主を博打に引き込んだ張本人さ」

ばあさんのしわ深い顔には、憎々しげな表情が浮いている。

「あんたたち、磐之助に会いに行くかい」

「うむ、そのつもりだ。磐之助はどこにいる」

「綿蔵《わたぞう》のところだよ」

「綿蔵というと、やくざ一家の親分だったな」

これは珠吉の言葉だ。さすがに縄張内のことは熟知している。

「そうだよ、あんた、よく知ってるね」

ばあさんが感心したようにほめた。

「まあな。——湯瀬さま、まいりましょう」

「その前に珠吉、よいか」

「なんですかい」

直之進はばあさんに目を当てた。

「ばあさん、磐之助と一緒にいた駕籠かきだが、顔を覚えているか」

「もちろんさ。あたしゃ、目もいいし、まだまだ耄碌《もうろく》なんかしちゃいないからね」

「人相書を描きたいのだが、力を貸してくれるか」

「いいよ。あの駕籠かき、なにか悪さをしたんだね」

「そういうことだ。町方同心をかどわかしたのだ」

「ええっ」

ばあさんが縁台から落ちそうになった。手を伸ばして直之進はすぐさま支えた。

「あの駕籠にお役人をかどわかして乗せたんだね。そりゃまた、大それたことをしでかしたもんだねえ」

座り直したばあさんが、しわ深い首を振り振りしていった。

「珠吉、矢立《やたて》を貸してくれ」

直之進は懐《ふところ》から一枚の紙を取り出した。

「湯瀬さまが描くんですかい」

「そのつもりだ」

「湯瀬さま、絵は得意でしたか」

「いや、不得手だ。珠吉は得手か」

「あっしはからっきしですよ」

「ならば、俺が描くしかあるまい」

「あたしが描いてやるよ」

見かねたか、ばあさんが筋張った手を伸ばしてきた。

「あたしゃ、ちっちゃい頃から絵は得意だったんだよ。なにしろ絵描きになろうと思っていたくらいだからね」

「まことか」

「嘘はつかないよ」

「本当に任せてよいか」

「当たり前だよ。お侍、早く筆と紙をよこしなよ」

「ありがたい」

筆と紙を受け取ったばあさんは、すらすらと人の顔を描きはじめた。筆さばきはなめらかで、確かに慣れている感じがする。

「こんな感じだね」

一枚の反故《ほご》も出すことなく、ばあさんが人相書を直之進に差し出してきた。

手に取り、直之進はそれに目を落とした。

髪がぼさぼさで、落ち窪んだ目はぎょろりとし、ひげに覆われた顎は張り、唇は上下ともに分厚い。体格までは描かれていないが、首が太く、力士を思わせる体つきをしているのではないか、と思わせるものがあった。

「本当にうまいな」

横からのぞき込んでいた珠吉も、大したもんだ、とつぶやきを漏らした。

「だからいったじゃないか」

深いしわをさらに深くしてばあさんがうれしそうに笑った。

「もらってよいか」

直之進はばあさんに申し出た。

「もちろんだよ。そのために描いたんだから」

「かたじけない」

すぐには懐にはしまわず、直之進は駕籠かきの顔を脳裏に焼きつけるように人相書をじっと見続けた。

「お侍、必ずそいつを捕まえてよ。従者のあんたもがんばりなよ」

真剣な顔でばあさんが珠吉を励ました。

「この男は従者ではないぞ」

直之進がいうと、えっ、とばあさんが珠吉を見直した。

「ああ、なんか見覚えがあると思ったら、あんた、この町に見回りにやってくるお役人の中間さんじゃないか」

ばあさんが、はっとする。

「じゃあ、かどわかされたお役人って……」

「うむ、そういうことだ」

直之進は深くうなずいてみせた。

「うちの町を縄張にしてるお役人がかどわかされたんだね。そいつは一大事だ。あたしになにか頼みたいことがあったら、お侍、遠慮なくいっておくれよ」

「うむ、よくわかった」

墨が乾いたのを見計らって、直之進は駕籠かきの人相書を折りたたみ、丁寧に懐にしまい込んだ。

ばあさんによくよく礼をいってその場を立ち去り、珠吉の案内で牛込津久戸前《うしごめつくどまえ》町《まち》の綿蔵一家に足を運んだ。

「ここでやすよ」

綿蔵一家が居を構えているのは、大通りに面した一軒家だ。よほど威勢がいいのか、家は旅籠《はたご》のように造りが大きい。

「ごめん」

暖簾《のれん》を払い、直之進は太い墨文字で『綿蔵』と書かれた障子戸をからりと開けた。土間に足を踏み入れる。後ろに珠吉が続いた。

狭い式台から一段上がった部屋は広く、優に二十畳はあった。そこには、十人近い男がたむろしていた。暇を潰しているのか、花札博打をしている者がほとんどである。柱に背中を預けて座り込み、うたたねをしている浪人者は用心棒だろう。

直之進と珠吉を見て全員が殺気をみなぎらせ、立ち上がりかけた。用心棒は目を開けてこちらを見た。いつでも抜けるように、刀を手元に引き寄せている。

だが、大した腕でないのを直之進は見て取っている。遣い手ならば、直之進が障子戸を開ける前に気配を感じ取っているはずだ。

珠吉が直之進の横に出て、やくざ者たちに顔が見えるようにした。珠吉を見て、やってきたのが町方であるとわかったらしく、やくざ者たちから殺気が一瞬にして消えた。用心棒も刀を畳の上に置いた。

「なにか御用ですかい」

若いやくざ者がもみ手をして寄ってきた。愛想笑いをしている。

「磐之助はいるか」

厳しい目を若いやくざ者に据えて、珠吉がきいた。

「磐之助さんですかい。いえ、ここにはいませんよ」

「どこにいる」

「家ですよ。あの、磐之助さんを捜しているんですかい」

「そうだ。ところでおぬし、この男を知っているか」

若いやくざ者に、直之進は駕籠かきの人相書を見せた。

真剣な目で、若いやくざ者が人相書を見つめる。

「いえ、あっしは知りやせんねえ。この人は誰ですかい」

「すまぬが、それはいえぬ。——その人相書をあの者たちにも見せてやってくれ」

直之進は、ほかのやくざ者たちのほうに顎をしゃくった。

「わかりやした」

人相書を手に若いやくざ者が、他の男たちに見せて回りはじめた。

気のいい男なのに、と直之進は若いやくざ者を見て思った。なにゆえやくざ者になったのか。まだ十七、八という歳ではないだろうか。いったいなにがあれば、あの若さでやくざ者の仲間入りをしてしまうのか。まだ道を引き返すことはできるだろうに。

若いやくざ者が戻ってきた。

「いえ、誰も知りませんや」

「そうか、すまなかった」

人相書を受け取り、直之進は懐にしまった。

「磐之助はここでなにをしておる」

静かな声で直之進はきいた。

「あの人は渡りの壺振《つぼふ》りですが、うちに来てもう一年ばかりになりやす。前はここにいたんですが、今は家を借りてそこに住んでいますよ」

「家の場所を教えてくれるか」

「いえ、あっしの一存では……」

「ならば、上の者に許しをもらってくれ」

「はあ、わかりやした」

若いやくざ者が花札博打をしている男に近づき、耳打ちした。

耳打ちされた男がうるさそうにこちらを見た。額に大きな傷があり、そのせいで顔全体が引きつったようになっている。ずいぶんと凶悪そうな面である。男が立ち上がり、こちらにやってきた。

「磐之助の家《やさ》をお知りになりたいんですかい」

そばに来た男は、すさんだ目を直之進にぶつけてきた。

「そうだ」

見返し、直之進は首肯した。

「行っても磐之助はいやせんぜ」

「磐之助は出かけているのか」

「出かけているというより、どこかに身を隠しているんじゃないですかね。やつは、おびえていたんで」

「なにゆえ磐之助はおびえているのだ」

「さあ、あっしも詳しくは知らねえんですよ。三日ばかり前から家にいねえんでさ」

「磐之助がどこにいるか、目星はついているのか」

「ついていたら、とっくにあっしが連れてきていますよ。磐之助は腕のいい壺振りで、あっしらは重宝《ちょうほう》しているものですからね」

「本当に行方は知らぬのだな」

「ええ、知りやせんよ」

直之進は男をじっと見た。男は嘘をついていないようだ。

「旦那、いい目をしてやすね。相当遣えるんじゃありやせんかい。うちの用心棒になりやせんか」

「ここには、もう用心棒がおるではないか」

うつらうつらと暇そうに居眠りしている男を、直之進はちらりと見やった。

「なに、遣い手は何人いてもいいんですよ。もし旦那が用心棒になってくださるんなら、あちらの旦那は馘首《くび》にしても構いませんぜ」

「いや、遠慮しておこう。俺にはやくざ者の力になるつもりは、はなからないのだ。あの男の食い扶持を奪うつもりもないしな」

「なんてもったいねえ。旦那ほどの腕なら、いくらでも稼げますぜ」

「銭金の問題ではない」

その話題はこれでしまいだというように、直之進はきっぱりといった。

「――磐之助に女は」

それを聞いた男が、いかにも残念そうに口元をゆがめた。

「いやすが、そこに磐之助はいやせんぜ」

「おぬし、女の家も調べたのか」

「もちろんですよ。磐之助にはもっと稼いでもらわなきゃいけやせんからね」

「女の家を教えてくれるか」

「ええ、構いませんよ」

男がすらすらと道順を告げた。江戸の地理はいまだによくわかっていない直之進は、男の言葉を頭に叩き込んだ。だが、今は珠吉がそばにいるから少しは気が楽だ。

「女の名は」

さらに直之進はきいた。

「おすがですよ」

なかなかきれいな名だな、と直之進は思った。凶悪そうな顔をした男に礼をいって珠吉をいざない、綿蔵一家をあとにした。

「女の家に行くんでやすね」

後ろから珠吉が確かめるように問うた。

「そうだ」

小さく振り返って直之進は答えた。

「湯瀬さまは、磐之助がおすがという女の家にいるとにらんでいるんでやすね」

「珠吉もだろう。やくざ者が捜したといっても、おざなりな捜し方だったのではないか。女の家の家探しもしたかもしれぬが、徹底してはやっておらぬだろう。一度、調べた家だ、二度と来ぬと踏んで磐之助はいま女の家に身を寄せているのではないかな」

珠吉は我が意を得たりという顔をしている。

「ならば湯瀬さま、あっしが先導しやすよ」

うれしそうに直之進の前に出て、珠吉が足早に歩き出す。もう六十を過ぎているはずなのに、珠吉はすばらしく元気である。大したものだな、と直之進は感嘆せざるを得ない。自分もこの歳になったらこうありたいと、思わせるものがある。

「ここが、おすがという女の家のはずですよ」

半町ばかり歩いて足を止めた珠吉がいった。うむ、と直之進はうなずいた。路地を入って十間ばかり行った日当たりの悪い角に、おすがの家はあった。

「おすがさん、いるかい」

枝折戸《しおりど》を入り、戸口に立った珠吉が訪いを入れた。

「はい」

戸の向こうから、か細い女の声が返ってきた。直之進は中の気配を嗅《か》いだ。おすが以外になにやらうごめいている感じがする。にらんだ通り、ここに磐之助はいるのではないか。

「おすがさんかい」

丁寧な口調で珠吉がきく。

「さようですけど」

戸が開けられる気配はない。

「開けてもいいかい」

「どのような用事ですか」

「話を聞きたいんだ」

「どんな話ですか」

 珠吉がちらりと直之進を見た。直之進はうなずきを返した。珠吉が戸に向かって告げる。

「磐之助さんのことだ」

「磐之助さんはいません」

「磐之助さんのことで話を聞きたいんだ」

「あたしはなにも知りません」

「開けるよ」

「あたしが開けます」

静かに戸が開き、女が顔をのぞかせた。硬い顔つきをしている。外の明るさがまぶしいのか、目を細めている。

これがおすがか、と直之進は思った。かなりの年増《としま》だ。酒に焼けたような顔をしている。飲み屋で働いているのではないか。そんな顔色をしていた。

ふと、おすがの背後の気配がはっきりと動いた。

「珠吉、中だ。磐之助がいるぞ」

家の中をにらみつけて、直之進は伝えた。

「わかりやした」

元気よく珠吉が答え、すまねえな、と謝っておすがを優しく押しのけた。雪駄を脱いで家に上がり込む。

「ちょっと待ってください」

あわてて止めようとしたおすがに軽く頭を下げて、直之進はそのあとに続いた。

「座敷のほうだ」

奥のほうで動く気配を、遣い手の鋭い勘がはっきりととらえている。不意に殺気を感じた。これは、磐之助が発しているのか。多分、そうなのだろう。おびえていたと綿蔵一家の男がいっていたが、この殺気はその裏返しということか。

「珠吉、待て」

危うさを感じて直之進は止めた。

「へ、へい」

戸惑いつつも立ち止まった珠吉の横をすり抜け、直之進は前に進んだ。気配は家の中を逃げ回っている。だが、ついに気配は一箇所で止まった。奥の間らしい一室である。気配はそこから動こうとしない。

――ここだな。

引手に手を当て、直之進は襖《ふすま》を開けた。目の前に八畳間が広がっている。

誰もいない。だが、気配は濃厚に漂っている。正面に床の間があり、そこに鶴が描かれた掛軸がかかっている。

ほう、と直之進は嘆声を発した。

――この家には隠し部屋でもあるのか。

床の間に近づき、直之進は鶴の掛軸を左手で持ち上げた。

驚いたことに、人が一人くらいなら十分に入れるほどの暗い穴が、ぽっかりと空いていた。穴の中は一畳ばかりの細長い造りになっており、人らしい影が隠れるようにうずくまっているのが見えた。

――なんだ、この家は。なにゆえこのような穴蔵が用意されているのだ。

直之進は首をかしげるしかなかった。だが、今はそのことについて熟考している場合ではない。

「出てこい」

直之進は人影に向かって呼びかけた。

「磐之助、そこにいるのは見えておるぞ」

いきなり穴の中で気配が動き、穴を飛び出した人影が匕首《あいくち》らしいものを手に直之進に斬りかかってきた。

直之進は無造作に手を払った。びしっ、と鋭い音が立ち、男の手から匕首が飛んでいった。座敷の右側の壁に当たり、ぽとんと畳に落ちた。

ひっ、と声を上げ、男が左側の腰高障子《こしだかしょうじ》を開けて庭のほうに逃げようとする。すかさず直之進は追いかけ、男の首根っこをがっちりとつかんだ。自由を奪われた男がじたばたして、なんとか逃れようとする。

「助けてくれっ、殺さないでくれ」

男が悲痛な叫び声を上げる。

「殺す気など、はなからない。おぬし、なにゆえ襲ってきた」

「おめえが命を狙ってるからでえ」

手足を必死に動かして、男はなおも逃げようとする。

「ちっとはおとなしくしろ。俺はおぬしの命など狙ってなどおらぬぞ。話を聞きに来ただけだ」

「嘘だっ、殺される。助けてくれ」

首根っこを引っ張り、直之進は男の顔を自分のほうに向けさせた。

「あんた、本当にあっしを殺《や》りに来たわけじゃないんですかい」

少し冷静さを取り戻して男がきいた。

「さっきからそういっている」

「嘘じゃありやせんね」

「嘘などつかぬ。話を聞きに来ただけだ」

「ああ、よかった」

ほっとした男が息をついて両肩を落とした。

「放すぞ。逃げるなよ」

「ええ、わかりやした」

直之進が手を放すと、男は気が抜けたようにすとんと畳に座り込んだ。

「おぬし、磐之助だな」

直之進は一応、確かめた。

「さいですよ」

「磐之助、それで誰に狙われておるというのだ」

「上州《こうずけ》の商人ですよ」

「商人がおぬしの命を狙っているというのか。しかも江戸ではなく上野《こうずけ》か」

「さいですよ」

あぐらをかき、磐之助は腕組みした。

「あっしは壺振りをしておりやす。一年ばかり前、上州のやくざ一家の世話になっていたんですが、そこでいかさまをやったという疑いをかけられたんですよ。いかさまをやられた客は地元の大商人で、よっぽど腹を立てたらしく、そいつは金の力で上州のやくざ者を叩き潰し、それだけでは飽き足らず、あっしにも狙いをつけたんです」

「一年もたったのに、まだ狙っているというのか」

「執念深いんですよ」

「実際に襲われたのか」

「いえ、一度も。でも、最近はいやな目を感じたり、怪しい影を見たりするんですよ。狙われているんじゃないのかなあって思って、あっしは身を隠したんですよ」

「勘ちがいではないのか」

「そうかもしれやせんが、用心に越したことはありやせんからね」

「その通りだな。で、いかさまはやったのか」

磐之助がそっぽを向く。

「いえませんや」

「いかさまをやったのだな。やってないのなら、やっていないとはっきりといえるはずだ」

「それでお侍――」

ふてくされたように顔をゆがめ、磐之助が呼びかけてきた。

「あっしにききたいことというのは、なんなんですかい」

「こいつだ、見てくれ」

懐から駕籠かきの人相書を取り出し、直之進は磐之助に渡した。

しなやかそうなほっそりとした指で、磐之助は人相書を受け取った。この柔《じゅう》靭《じん》そうな指を見る限り、腕利きの壺振りというのは偽りではないようだ。

手にした人相書を磐之助がしげしげと見る。

「こいつは須《す》賀《が》蔵《ぞう》……」

磐之助の口から言葉が漏れた。

「その男は須賀蔵というのか。磐之助、須賀蔵が今どこにいるか知っているか」

「いえ、知りやせん。ここ半月ばかり会っていないんで」

磐之助が人相書を返してきた。受け取った直之進はそれを丁寧にたたみ、懐に入れた。

「須賀蔵とはどういう知り合いだ」

「八、九ヶ月前ですかね、とある安手の飲み屋で知り合ったんでさ」

「今はつき合いが絶えているのか」

「最近はまったく会っていやせんよ。やつがなにをしているのか、全然知りやせんや」

磐之助は、嘘はついていないように見える。

「須賀蔵がなにかしたんですかい」

関心を抱いたようで、磐之助がきいた。

「悪事の片棒を担いだのだ」

「えっ、悪事ですかい。やつはなにをやらかしたんですかい」

「町方同心をかどわかした」

「ええっ」

のけぞるようにして磐之助が驚いた。

「町方同心は駕籠でさらわれたのだが、その担ぎ手の一人が須賀蔵だ」

「な、なんてことを……」

「おぬし、須賀蔵がよく出入りしていたところを知らぬか」

きかれたことを頭で整理するように磐之助はしばらく黙っていた。

「それでしたら、さっきいった煮売り酒屋がそうでしたね。けどあの飲み屋、あるじが死んじまって店をさっさとたたんじまいやしたからね。考えてみれば、須賀蔵とのつき合いがなくなったのも、あの店がなくなってからだなあ」

「飲み屋以外でなにかないか。須賀蔵という男は、もともと駕籠かきなのか」

「いえ、駕籠かきをもっぱらにしていたわけじゃないと思いますよ。図体がでかいんで頼まれて駕籠を担いだこともあったかもしれやせんけどね」

「町方同心をさらうとき担いでいたのは権門駕籠のようだが、懇意にしていた武家を知らぬか」

「懇意にしている武家ってのは知りやせんね。でも、半季奉公で中間としてよく武家には雇われていたようですよ」

「それは口入屋を介してか」

「さようです」

「須賀蔵がよく使っていた口入屋は」

「そういえば、馴染みの口入屋があるって、いってやしたね」

「思い出せるか」

「ちょっと待ってくだせえよ」

畳を見つめて、磐之助がじっと考え込む。

「少し変わった名だったような……。岐阜《ぎふ》が関係していたような気がするな」

「岐阜というと、美濃国《みののくに》の岐阜か」

「ええ、さようですよ。岐阜っていう地名は、織田信長って人が名づけ親らしいじゃありませんか」

「よく知っているな」

「学はありゃしませんが、そのくらいはあっしも知ってますぜ。——ああ、思い出しやしたよ」

弾んだ声を上げた磐之助が直之進と珠吉を見てにんまりする。

「井《い》ノ口屋《くちや》ですよ」

「井ノ口屋か。なるほど、岐阜と関係しているな」

「岐阜の前の地名が井ノ口でしたね」

納得したように珠吉がいった。

「井ノ口屋はどこにある」

改めて直之進は磐之助にきいた。

「牛込揚場町《うしごめあげばちょう》ですよ。ここからは目と鼻の先でさあ」

「井ノ口屋は今もあるな」

「ええ。店はたたんでいないと思いやすよ」

「かたじけない」

礼をいって直之進は戸口に向かおうとして、とどまった。

「ところで、なにゆえこの家には隠し部屋のようなものがあるのだ」

胸中にあった疑問を直之進は口に出した。

「それでございますか」

うなずいて磐之助が答えた。

「ここはもともと盗っ人の持ち物だったんですよ。おすがが情婦《いろ》でしてね。その盗っ人は捕まって獄門になっちまいやしたけど」

そういうことか。納得した直之助は改めて戸口に向かった。

「そうだ、お侍――」

あわてたように磐之助が背中に声をかけてきた。

「なにかな」

直之進は振り向いた。

「お侍は遣い手ですよね。あっしの用心棒をつとめてくださいませんか」

今日はよく用心棒を頼まれる日だな、と直之進は思った。これで朝から三度目だ。

「断る」

首をきっぱりと振って、直之進は告げた。

「お願いしますよ」

「町方同心を救い出さねばならぬ」

「そいつは、ほかの人がやるでしょう」

「いや、この湯瀬さまが見つけ出すんだ」

横から珠吉が力んでいった。

「ほかの誰でもない、この湯瀬さまが捜し出すんだよ。わかったか」

「そっ、そうなんですかい」

無念そうに磐之助が目を畳に落とした。

かわいそうだったが、今の直之進にはどうすることもできない。磐之助よりも富士太郎のほうがずっと大事なのだ。

おすがの家を出た直之進と珠吉は、さっそく井ノ口屋に向かった。

「あっ」

途中、前から汗をかきかきやってくる男を見て、珠吉が声を上げた。

「おう、珠吉ではないか」

顔から汗をしたたらせて琢ノ介が笑みを浮かべた。珠吉の後ろにいる直之進に気づいた。

「なんだ、直之進も一緒だったか。ほう、二人で富士太郎捜しに励んでおるのだな。わしも負けじと富士太郎を捜しておる最中だ」

「まことですか。ありがてえ」

珠吉がうれしげな声を出した。

「まことさ。富士太郎のことは心配でならん。わしも、富士太郎捜しになんとしても力を貸したいのだ」

「それで琢ノ介、なにか手がかりは見つかったか」

真剣な目を琢ノ介に当て、直之進はきいた。

「いや、まだなにもつかめておらぬ。直之進の後追いで知恵もなくて申し訳ないのだが、町の者にいろいろと聞き込んで、権門駕籠の行く先をつかもうとしていたのだ」

「そうか。それで汗だくになっているのだな。琢ノ介、これを見てくれ」

懐から人相書を取り出し、直之進は琢ノ介に見せた。

「この男は」

人相書を手にして琢ノ介が問う。

「富士太郎さんをかどわかした権門駕籠の担ぎ手の一人だ」

直之進は名を伝えた。

「そうか、この男は須賀蔵というのか」

深くうなずいて琢ノ介がいった。

「よし、わしもこの男を捜してみることにしよう」

腰にぶらさげた矢立を琢ノ介が手にした。

「平川さまが人相書を描かれるんですかい」

「そうだ。この写しをつくるのだ」

「琢ノ介、おぬし、絵は得手《えて》なのか」

「得手というほどではないが、悪くはないと思うぞ。直之進、紙はあるか」

直之進から紙を受け取った琢ノ介は人相書の写しをさらさらと描いてみせた。

「なかなか達者だな」

「まあまあの出来だろ」

「おぬしにはこんな才もあるのか」

富士太郎を捜し出すのに一刻の猶予もないが、直之進は素直に感心した。

「直之進、見直したか」

「少しな」

元の人相書を、琢ノ介が返してきた。

「この人相書を描いたのは誰だ。まさか直之進ではあるまい。珠吉でもなさそうだ」

誰が描いたのか、人相書を懐にしまいつつ直之進は伝えた。

「ほう、ばあさんがな。しかしうまいぞ、この人は」

ふうふうと息を吐いて琢ノ介が墨を乾かす。

「俺もそう思う」

「よし、それで直之進、これからどこに行くつもりだったのだ」

墨が乾いた人相書をじっと見てから、琢ノ介が袖の下に落とし込んだ。

「井ノ口屋という口入屋だ。琢ノ介、知っているか」

「ああ、知っている。あるじとは同業の寄合《よりあい》で顔を合わせたことがある。親しく口をきいたことはないが、いかにもやり手という感じを漂わせているな」

「やり手か」

「いつも忙しくしている人らしいぞ。うちと同じで奉公人は一人も使っておらず、すべて自分でやっているようだな。だから今から行ってもおらぬかもしれぬ」

「そうなのか。だが、あるじの留守中にも客は来るだろう」

「留守中の相手は、女房にさせているようだ」

「ならば、あるじがおらずとも、女房がなにか知っているかもしれぬな」

「そうかもしれん。とにかく直之進、行ってみようではないか」

「うむ、そうしよう」

だいぶ暑さが増してきた中、直之進たちは足早に歩きはじめた。

第二章

一

うつらうつらしている。

――このままぐっすり眠れたらいいのに。

布団に横になったまま智代は思った。

富士太郎がかどわかされたという大変なときにのんびりと寝ていてもいいのか、と思うが、少しでも眠らないと体がまいってしまう。富士太郎が無事に戻ってきたときに元気な顔で迎えるためにも、わずかながらでもしっかりと睡眠をとっておいたほうがよいのだ。

不意に、うなり声が聞こえた。

はっ、として智代は目を開けた。部屋はまだ暗い。夜明けにはかなりときがある。ずっとつむっていたせいで、目は闇に慣れている。

急いで布団の上に起き上がり、智代は寝巻の裾を直して襖ににじり寄った。

「田津さま」

襖越しに隣の間へ声をかけた。

返事はない。代わりにというわけではないだろうが、またも獣のうなるような声がした。

「田津さま」

呼びかけて智代は襖を開けた。暗い中、布団の盛り上がりが目に入る。

敷居を越えて智代は部屋に入り、田津の様子を見ようとした。

田津は智代とは反対側に顔を向け、横向きに寝ている。ここからだと顔はよく見えない。

「明かりをつけます」

一応、田津に断ってから智代は、隅に置かれた行灯に、火打石《ひうちいし》と火打金を使って明かりを点《とも》した。

かちかち、という音を聞いたせいでもあるまいが、田津が、うー、と再び苦しそうな声を発した。

「田津さま」

素早く近づいた智代は畳に膝をつき、田津の顔をのぞき込んだ。

――なんてこと。

智代は息をのんだ。かすかな明かりを受けた田津の顔は、ひどくゆがんで見えたのだ。一晩で十も歳を取ったかのように、しわ深くなってもいた。

かわいそうに。

智代は胸が締めつけられるような思いを味わった。富士太郎がかどわかされたことが、田津にここまで強い衝撃を与えている。

智代は田津を我が子のように抱き締めてやりたかった。

昨夜はこの部屋で長いこと、田津とともに過ごした。気を紛らすかのように田津が語る富士太郎の昔話に、智代は耳を傾けたのだ。

最もおもしろかったのは、富士太郎が幼なじみと一緒に近所の空き屋敷に、柿を取りに行ったときの話だった。

友垣を肩車して屋敷の塀越しに柿を取らせようとしたのはよかったが、力があるとはいえなかった富士太郎が体勢を崩し、友垣を落としそうになった。友垣をかばおうとして、富士太郎は自ら友垣の下敷きになった。そのおかげで友垣はなにごともなかったが、富士太郎はその弾みで、かたわらに落ちていた馬糞に、まともに顔を突っ込むことになってしまった。

馬糞まみれの顔で屋敷に帰ってきたのだが、富士太郎はまったくめげていなかった。友垣に怪我をさせなかったことが、誇らしかったのだ。

富士太郎は柿を一つ、大事そうに手にしていた。せがれのあまりの汚れように声を失った田津にその柿を掲げてみせ、富士太郎はなにがあったか語ってみせた。

そして、これが本当の友柿ですよ、と田津にいったのだ。最後は江戸っ子らしく、駄洒落で締めたのである。

いかにも富士太郎さんらしい、とその話を聞いて智代はつい笑ってしまったのだ。

その柿の話を田津がしたのは、深夜の八つ頃だった。田津が、やすみましょう、といい、田津と離れがたかった智代は隣の部屋に布団を敷かせてもらい、横になったのだ。

不意に田津が海老《えび》のように体を丸め、がたがたと震え出した。夏といっても夜明け前だから涼しいくらいだが、いくらなんでも凍えるほどではない。

「田津さま」

あわてて智代は抱き起こそうとした。しかし、田津の震えはやまない。田津の体が冷え切っているのを智代は感じた。

「大変だ——」

苦しげにうなる田津を見つめて、智代はつぶやいた。これは、医者を呼んだほうがよいのではないか。

そうだ、診てもらったほうがいい。

「今お医者に来てもらいます。田津さま、待っていてください」

智代がいうと田津が目を開け、智代に力のない眼差しを向けてきた。そのあいだも、がちがちと歯が鳴っている。

「田津さま、私の声が聞こえましたか」

かすかに田津がうなずいた。少なくとも、智代にはそういうふうに見えた。

「お医者を連れて、すぐに戻ってきます。待っていてくださいますか」

また田津が顎を動かした。

それに力を得て、智代は立ち上がり、部屋を出た。田津を一人きりにしたまま医者を呼びに行くのは不安でならず、胸が痛いほどだった。しかし、どうしようもない。この屋敷には、ほかに人はいないのだ。

廊下を滑るように進んだ智代は玄関に出た。闇があたりを支配下に置き、智代を包むように押し寄せてきた。一瞬、智代は身構えたもののすぐに胸を張った。こんなのに負けていられない。夜明けの兆しは、どこを探しても見つからない。すぐさま智代は提灯《ちょうちん》をつけようとした。だが、うまくいかない。落ち着こうとしても、どうしても気持ちが焦ってしまうのだ。

——しっかりなさい。

智代は自らを叱咤《しった》した。

私がしっかりしないで、誰がしっかりするというの。うろたえてなどいる場合ではないでしょう。

火がつき、ぽっかりとできた光の輪があたりをほんのりと明るくした。闇の壁が少し崩れ、そのことに智代は勇気を得た。

——よし、行こう。

提灯を下げ、敷石を踏む。閂《かんぬき》を外し、門を大きく開いた。

提灯を手に、智代は人けのまったくない真っ暗な道を一人、走りはじめた。

智代は式台のそばで丁寧に腰を折った。

「ありがとうございました」

うむ、と撞元《どうげん》が真摯さを感じさせる顔でうなずく。

「お大事にな」

「はい、まことにありがとうございました」

智代は重ねて礼をいった。

「智代さん、先ほども申し上げたが、田津さんは体よりも心の疲れがひどく出ておられる。わしが出した薬を煎《せん》じて日に三度飲ませれば、必ずよくなるはずだ」

確信のこもった表情でいった撞元が顎をなで、ふと思案顔になった。

「もっとも、今日明日というのはさすがに無理だろうが、明後日には必ず床は上がろう」

「さようですか。先生に来ていただいて、心より安堵いたしました」

心の底から智代が感謝の思いを口にすると、撞元がにっこりとした。

「なに、患者の手当がわしの仕事だからな。富士太郎さんのことはわしも心配でならんよ。だがな智代さん、きっと無事に帰ってきてくれるさ」

「私も先生と同じ気持ちです」

「そうか。気持ちは強く持ったほうが物事はいいほうに動くような気がするな。これはわしの経験からいうのだが。――では智代さん、これで失礼する」

「先生、本当にありがとうございました」

智代は三度目の礼を述べた。樺山屋敷から診療所はおよそ六町ばかり離れたところにある。息せき切って診療所にやってきた智代を見て、迷惑がる素振りをまったく見せることなく、撞元は屋敷に一目散にやってきてくれたのである。

玄関で雪駄を履いて、撞元が門に続く敷石を踏みはじめた。薬箱を手にした助手の若者が、撞元のあとに続く。

二人を追うように智代も外に出た。昇って間もない朝日が斜めに射し込んできている。いつもよりずっとまぶしく感じられるのは、やはりろくに寝ていないからだろう。

撞元と助手が門を出た。

まだ人けのほとんどない道を遠ざかっていく二人の背中に向けて、門のそばに立った智代は深々と辞儀をした。

二人の姿が見えなくなってから、屋敷内に取って返す。玄関で草履《ぞうり》を脱いで式台に上がり、廊下を足早に進んだ。

朝顔の絵が描かれた襖の前で足を止め、智代は中の気配を静かにうかがった。安らかな寝息が聞こえてくる。

よかった、と智代は胸をなで下ろした。撞元が来て薬を処方してくれたおかげで、田津は先ほどとは別人のようになったのだ。

自分がそうだったからよくわかるが、田津もろくに眠ることができなかったのだろう。

それが今は、すやすやと熟睡している。

智代は静かに襖を開けた。田津は目を覚まさない。

枕元に座り、智代は義母となるはずの女性の顔をのぞき込んだ。

血色が戻っている。震えてもいない。薬が効いているのだ。

よかった、と胸中でつぶやき、智代は目を閉じた。

それにしても、と思う。母親というのはすごい。息子のことが心配で、ここまでなってしまうのだ。

自分も富士太郎のことは案じられてならず、気持ちがおかしくなりそうではあるが、体に変調をきたすほどではない。

——富士太郎さん。

心で呼びかけた。

お願いだから、田津さまのためにも無事に帰ってきて。

この祈りが富士太郎に届くことを、智代はひたすら望んだ。

「智代さん」

不意に声が耳に届いた。はっ、として見ると、田津が目を開けてこちらを見ていた。いつしか寝息が途絶えていたようだが、智代は気づかなかった。

「お目覚めになりましたか」

智代は田津に笑いかけた。

「ええ。もしかしたら、富士太郎が帰ってきているかと思っていたけれど、まだのようね」

「はい」

どういうわけか智代の中で、すまないという思いが込み上げてきた。富士太郎がかどわかされたのは自分のせいではないのに、田津に対し、申し訳なさが心のほとんどを占めている。

「智代さん、私、夢を見たの」

枕に頭をのせたまま田津がぽつりといった。

「どんな夢ですか」

きかれて、困惑の顔になった田津がいいにくそうに口にする。

「それが、いい夢とはいい難いの」

「そうなのですか」

「智代さん、いってもいい」

「もちろんですよ」

笑みを浮かべて智代はいった。ふう、と田津がため息をつく。

「富士太郎のそばに立っている男が、あの子をひどく叩く夢だったの。体を震わせて苦しむ富士太郎の痛みがじかに伝わってきて、私の体もぶるぶると震えた……」

ああ、そういうことだったのか、と智代は納得した。

「あの子、大丈夫かしら。ひどいことをされていなければよいけど」

されていないですよ、と智代はいいたかった。だが、田津を励ますために無責任なことをいうのはためらわれた。

「ごめんなさいね、智代さん」

目に涙をためて、田津がいった。

「どうして謝られるのですか」

「私がつまらないことをいって、智代さんを困らせたからよ……。智代さん」

手を伸ばして田津が智代の手を握った。

「あの子の無事を二人で祈りましょう」

「はい」

あまり痛くならないように、智代は田津の手を握り返した。

「こうしていると、安心する。きっとあの子は無事に帰ってくるわ」

「はい、私もそう思います」

深いうなずきとともに智代はいった。

二

ため息が出る。

——心配しているだろうね。

こんなことになってすまない、と富士太郎は田津と智代に向かって手を合わせたいくらいだ。

その願いは、手の縛めが外されることがない限り、かなうことはない。

土間だけのこの部屋には、常にろうそくが灯されている。今が昼なのか、夜なのか、富士太郎にはさっぱりわからない。

その上に、まったく眠らせてもらえないのだ。眠ろうとすると、今も長床《ながしょうぎ》几に腰かけている荒くれ男に、平手で頬や頭を引っぱたかれるのである。見張りの男は、山平伊太夫を除いて全部で四人いる。

――ああ、眠いねえ。

眠るのが大好きな富士太郎には、眠れないというのはきついことこの上ない。どうしてこんなことをされなければならないのか、さっぱりわからない。

ただ、殴られるのは、眠さをこらえるのよりももっといやだ。だから、横になりつつも、富士太郎は目を開けている。

ただし、横たわっていると、自然にまぶたが下がってくる。

――これじゃいけないよ。また殴られちまうよ。あいつは本当に情け容赦がないからね。

じりじりと体を動かし、富士太郎は土間の上に起き上がった。壁に背中を預け、両膝を立てた。土にべたりとついている尻が、ひんやりと冷たい。

この冷たさが今はありがたい。眠気を飛ばすほどではないものの、意識を保つことができるからだ。

しかし、と富士太郎は思う。眠らせないというのは、こいつは拷問《ごうもん》じゃないのかな。うん、きっとそうだよ。拷問するってことは、なにかおいらに吐かせたいことがあるのかな。

それは、いったいなんなのか。いま富士太郎が担当している探索に関することだろうか。

山平伊太夫は徒目付である。だが、それが、どうしてこんな手荒《てあら》なことをしなければならないのか。徒目付に事件のことをきかれたら、富士太郎としてはつまびらかに説明しなければならないのだから、こんな真似をする必要はない。

しかし、と富士太郎は思った。伊太夫になにか知りたいことがあるのは確かなのだろう。少なくとも、それを吐くまでは殺されないということにちがいあるまい。

逆にいえば、吐いたら最期なのだ。

どんなことがあっても、吐いちゃならないよ。のらりくらりとかわしていくんだ。

富士太郎は肝に銘じた。

――なにかきかれるその前になんとか逃げられないものかねえ。

いま見張りは一人である。長床几に座っている荒くれ男だ。男は、富士太郎のかどわかしに手を貸した駕籠かきである。今は姿を見せていないが、他の三人の荒くれ男も駕籠かきにちがいない。四人は、山平伊太夫の家に奉公しているのだろうか。

それにしても、と富士太郎は思った。山平伊太夫はどこにいるのだろう。

きっと、と富士太郎はすぐに覚った。いま伊太夫がここにいないのは、おいらのかどわかしに関与していることを疑われないように、なに食わぬ顔をして出仕しているからにちがいないよ。きっとおいらのかどわかしの探索に当たっているに決まっている。

つまり、と富士太郎は思った。これは絶好の機会ではないか。この機会を逃がすわけにはいかない。男が一人しかいないあいだに、なんとかして逃げ出す算段をつけなければならない。

「ねえ、厠《かわや》に行きたいんだけど」

顎を上げ、富士太郎は男に話しかけた。男は、ひどくすさんだ目で富士太郎を見た。ひん曲がった根性をあらわしているのか、口もゆがんでいた。

「どっちがしてえんだ」

しゃがれた声で男が憎々しくきいてきた。

「小だよ」

「だったら、そこでしな」

「そういわれても、手が使えないからねえ」

「なるほどな、手が使えねえと、一物を出せねえか。――そこでお漏らしすればいいんだ」

「とんでもないよ。そんなことしたら、おまえさんのほうにも、におうよ」

「小便のにおいか、嗅ぎたくはねえな。ふむ、しようがねえ」

立ち上がった男が近づいてきた。

「妙な真似をするんじゃねえぞ」

じっと富士太郎を見て男が警告する。

「わかっているよ」

「立て」

縛めのせいで苦労したが、富士太郎は男にいわれた通りにした。それを見た男が、いきなり富士太郎の足を縛りはじめた。

なにをする気だい、と富士太郎は身構えかけた。だが、そんなことはお構いなしに、縛り終えた男は富士太郎の両足を持つや、体をすくい上げるようにした。

あっ、と思ったときには富士太郎は男の腕の中にいた。

「このまま厠まで運んでやらあ」

臭い息を吹きかけて、男がにやりと笑いかけてきた。

「俺は駕籠かきだからな、運ぶのはお手の物よ。どうだい、親切過ぎて泣けてくるだろう」

あーん、気味が悪いよう。できれば富士太郎はじたばたしたかったが、気持ちを抑え込み、なんとかおとなしくしていた。

膂力《りよりよく》は相当強いようで、男は富士太郎を箸程度にしか感じていないらしい。建物の扉を開け、軽々と富士太郎を外に運び出した。

外は明るかった。そのあまりのまぶしさに富士太郎は目を閉じた。

だがすぐに、こんなのじゃ駄目だよ、と気づいて目を開けた。いま自分がいるのがどういうところか、しっかりと見ておかなければならない。

明るいといっても、すでに夕闇の色が濃くなっているようだ。夏の太陽はだいぶ傾いている。

周囲を取り囲む鬱蒼《うつそう》とした木々の緑が、目を撃つ。二十間ばかり先の左側に、宏壮《こうそう》な母屋らしい建物があった。破風《はふ》のつけられた屋根があり、なかなか瀟洒《しようしや》な感じだ。ただし、人けは感じられない。

——ふむ、こいつはどこかの別邸かもしれないね。

広々とした庭が、富士太郎の前に広がっていた。東屋《あずまや》や築山《つきやま》も設けられている。

しかし、庭にはあまり手は入っていないようで、草が伸び放題である。背の低い木々も剪定《せんてい》されておらず、見ているだけで暑くなってきそうだ。

——別邸といっても、ほとんど使われていないようだね。むしろ、ほったらかしにされているんだね。この家は、山平伊太夫となにか関係があるのかな。でも、一介の徒目付が手に入れられるような家じゃないね。手入れがされていないといっても、この造りは金持ちのものとしか思えないよ。

とにかく、ここが空き家であるのはまちがいなさそうだ。この家が使われていないことを知っている者が、勝手に富士太郎の監禁場所として使用しているだけかもしれない。

男がいい、富士太郎を立たせた。目の前に厠がある。この男もこの厠を使っているのだろう、糞尿のにおいが鼻をついた。

「よし、下ろすぞ」

「後ろを向け」

いわれた通り、富士太郎は男に背中を見せた。おとなしくしてろよ、といって男が手首の縄を外しはじめた。

ふっ、という感じで富士太郎の腕が軽くなった。ああ、なんて気持ちいいんだろう。富士太郎は、手を握ったり開いたりして、血の通いをよくした。

「よし、外したぜ。おい、せっかくここまで運んできてやったんだから、小だけでなく大きいほうもしておけ」

大きなお世話だよ、といいたかったが、富士太郎はこらえた。

「そうなんだけど、どうも大きいほうは出る気がしないんだよ」

へっ、と男が笑った。

「肝が小せえ野郎だ。かどわかされたくらいで、大きいのが出なくなっちまうなんてよ」

「おいらは、おまえさんとはちがうからね。おまえさん、肝が太そうだね。名はなんというんだい」

「俺の名をきいてどうする」

「そりゃ、いろいろと便利だからさ」

瞬きのない目で男が富士太郎を見つめる。獣のような色が瞳の奥によどんでいた。その目の色がつと弱まり、哀れみらしいものがそれに取って代わった。

「まあ、いい。教えてやらあ。俺は、須賀蔵というんだ」

「須賀蔵かい。なかなかいい名だね。誰がつけたんだい」

「誰だっていいだろう。とっとと、用をすませな」

「須賀蔵、扉を開けておくれよ」

富士太郎は厠に向かって顎をしゃくった。

「手が使えるんだから、自分で開けりゃあいいじゃねえか」

「頼むよ」

縛めがされた足でぴょんぴょん跳ね、富士太郎は懇願してみせた。

「しようがねえな」

ぶつくさいいながら、須賀蔵が厠の扉を開けようとする。須賀蔵の後頭部が富士太郎の視野に入り込んだ。隙だらけの無防備なさまで、がら空きといっていい。

右手を振り上げ、富士太郎は須賀蔵の首筋に手刀《てがたな》を浴びせた。がつっ、と小気味よい音がした。富士太郎の頭の中では、須賀蔵が気絶し、どたりと倒れ込むはずだった。

だが、顔をしかめた須賀蔵が振り向き、なんだあ、といいたげに富士太郎を見た。

「おめえ、いま俺を殴ったのか」

「えっ、いや、あの……」

「虫に刺されたのかと思ったが、どうもちがうようだな」

顔をゆがめるや須賀蔵が拳を振りかざし、殴りかかってきた。一発目はかいくぐるようにして富士太郎はよけた。だが、二発目はよけきれなかった。縛めのせいで足がもつれ、たたらを踏んだところを、思い切り腹を殴られたのだ。

ぐっ、と息が詰まった。うげえ、と腹の中のものをもどしそうになった。どたり、と音を立てて富士太郎は前のめりに地面に倒れた。苦しい。苦しくてならない。息ができないのだ。このまま喉が詰まって、死んでしまうのではないか、と思えるほどだ。

「てめえ、ずっと狙ってやがったのか」

須賀蔵に襟首を持たれ、富士太郎は無理に立ち上がらされた。その瞬間、息が通り、ひどく咳き込むことになった。

しばらくしてようやく咳はおさまり、富士太郎はほっとした。目に涙がにじんでいる。

おめえ、といって須賀蔵が富士太郎の顔を自分の顔の高さまで持ち上げた。息ができなくなり、富士太郎は自分の顔が充血していくのがわかった。

「まったくなめたこと、しやがって」

左手一本で富士太郎を宙にぶら下げたまま、須賀蔵は右手でまたも腹を殴ってきた。

うぐっ。さらなる痛みとともに、またも息ができなくなった。

須賀蔵が富士太郎から手を放した。富士太郎は地面に投げ出された。息が通るや、今度は腹の痛みを覚えはじめた。

うう、と富士太郎はうめき声を上げた。鼓動とともに痛みがずんずんと腹に響く。

「まったく弱っちいくせに、やることは一人前なんだな」

富士太郎を見下ろして須賀蔵がせせら笑う。

くそう、と富士太郎は須賀蔵を見上げた。

――おいらの手刀は、この男にはまったく効かなかったよ。まったく信じられない男がこの世にはいるものだね。いや、おいらが非力すぎるのかな。直之進さんの手刀だったら、こいつはひっくり返っているはずだものね。おいらは湯瀬直之進だよ、と暗示をかけてから手刀を見舞えばよかったんだよ。しくじったね。

「おめえ、なに、ぶつぶついってんだ。とっとと入れ」

厠の扉を開け、須賀蔵が富士太郎に命じた。

「えっ」

わけがわからず、富士太郎は呆けたように口を開けた。

「まだ用を足してねえだろう。あの中で漏らされちゃあ、たまらねえからな」

須賀蔵が顔を向けている方角に、富士太郎が監禁されている小屋が見えている。

せっかくなので、富士太郎はその言葉に甘えることにした。立ち上がり、厠に入った。

ずっとしていなかったのでたっぷりと出た。放尿しながら、富士太郎は直之進のことを考えた。今もきっとおいらの行方を捜してくれているにちがいないんだ。必ずや直之進さんはおいらを見つけ出してくれるよ。もう、すぐそこに来ているんじゃないのかな。大声を出したら、直之進さんの耳に届くんじゃないのかな。

もっとも、そばに直之進はいないだろう。大声を上げたところで、届くはずがない。

「おい、とっとと出てきな。小便にしちゃあ、長すぎるぜ」

くそう、と富士太郎はほぞを嚙んだ。

「すっきりした面をしてやがんな」

「ああ、ありがとうね」

涼しい顔で富士太郎は須賀蔵に礼をいった。腹の痛みはもう引いている。こんな連中になにをされようが、負けていられるかい。おいらは決してへこたれないよ。

直之進のことを思ったら急に元気になってきた。

おいらは、骨の髄から直之進さんのことが好きなんだね。

ほう、と須賀蔵がほめたたえるような顔つきになった。

「柔な顔つきをしている割に、意外にたくましいんだな。そのくらいじゃねえと、町方同心はつとまらねえんだろうが。ほれ、手を出しな」

富士太郎は須賀蔵に背を向け、両手をそろえてみせた。

「そうじゃねえ。今度はこっちを向いて、手を出すんだ」

「えっ、ああ、そうなのかい」

あまり深く考えずに富士太郎は須賀蔵に向き直り、両手を突き出すようにした。須賀蔵が縄で念入りに富士太郎の手を縛りはじめる。

その代わりにというわけでもないだろうが、足の縛めを解かれた富士太郎は小屋の前に連れていかれた。須賀蔵が小屋の戸を開ける。

相変わらず薄暗さが居座っている土間に、富士太郎はそっと身を入れた。

おや、と富士太郎の口から声が漏れたのは、ろうそくに照らされて、三つの人影が土間に立っていたからだ。

須賀蔵が後ろ手で戸を閉めると、土間の中から明るさが閉め出された。土間にいたのは残る三人の駕籠かきで、富士太郎を鋭い目つきで見据えていた。

「あれ」

富士太郎はまたも我知らず声を放った。天井のむき出しになった梁《はり》から、自在《じざい》鉤《かぎ》のようなものが綱で結ばれて降りてきているのだ。

先ほどまでこんなものはなかった。須賀蔵以外の三人が、手早く設置したのだろう。

自在鉤は、富士太郎の背丈より高いところにつり下がっている。

これがなんのために使われるのか、富士太郎は一目見て覚った。肝がさっと冷える。

——おいらを拷問するためのものじゃないか。そうに決まってる。

「察しがいいな。おめえ、わかったようだな」

歯をむき出しにして、須賀蔵が笑いかけてきた。

「おめえ、両手を高く上げな」

いやだ、といったところで、力ずくでやられるのはまちがいない。腹を決め、富士太郎は両手を掲げた。

「よし、いい子だ」

手の縛めの結び目が鉤にかけられ、垂らされていた綱がぐいっと引かれた。富士太郎の足が土間から離れた。手首にきりりと鋭い痛みが走り、それが全身にまで及んだ。手首の縛めによって宙づりにされることが、こんなにきついものだとは、富士太郎は初めて知った。

「ちょっと、ちょっと痛いよ。痛すぎるよ」

大袈裟でなく富士太郎は悲鳴を上げた。

「そりゃそうだろうな」

富士太郎を見て須賀蔵がうなずいた。他の三人はにやにや笑っている。

痛みに耐えつつ富士太郎は、くそう、と腹の中で毒づくしかなかった。このお返しは必ずしてやるからね。待っていなよ。

「おい、須賀蔵、おいらはいつまでこうしていなきゃいけないんだい」

叫ぶように富士太郎はきいた。大声を出したほうが、少しは痛みが紛れる。

「山平伊太夫さんが来るまでだ」

あれ、と富士太郎は思った。いま須賀蔵は伊太夫のことを、さまづけしなかったね。さんづけで呼んだね。これはどういうことかな。こいつらは、山平家に奉公しているわけじゃないのかな。

脳天まで響きはじめた手首の痛みのことを頭の隅に寄せ、富士太郎は必死に考えた。

奉公しているんじゃないのなら、金で頼まれたということかな。

「伊太夫はいつ来るんだい」

　富士太郎は再び問うた。

「じきだ」

「伊太夫は、ほかの者と一緒においらを捜す芝居をしているんだね」

「さて、どうかな」

「とぼけるんじゃないよ」

　激しい勢いで富士太郎がいい放ったとき、小屋の戸が横に滑ったのが視野に入り込んだ。富士太郎はそちらを見た。

　入ってきたのは山平伊太夫である。一本の棒らしいものを右手に握っている。

　富士太郎は伊太夫をにらみつけた。それに気づかない顔で伊太夫が四人の男たちにうなずきかけ、たずねる。

「なにか変わったことはないか」

「別段ありやせん」

　かしこまって須賀蔵が答える。そうか、といって伊太夫が富士太郎に近づいた。ぱし、ぱし、と手にした棒で左の手のひらを叩いている。

　伊太夫の手にしている棒が、竹でできていることを富士太郎は知った。竹刀《しない》のような太さだ。

「樺山富士太郎――」

そばに立って伊太夫が呼びかける。宙につり下げられている富士太郎の顔のほうが上にあり、見上げる形になっている。

「なんだい」

富士太郎は、憎しみのこもった目で伊太夫をねめつけた。

「おぬしにききたいことがある。おとなしく答えれば、痛い目に遭うことはない。わかったか」

竹の棒を上げ、伊太夫が富士太郎の顎に先端を触れさせた。そのとき伊太夫の右手の中指が人さし指や薬指よりも短いことを、富士太郎は見た。こんな指は初めて見た。富士太郎は驚くしかない。

だが、そのことを今いったところで益はなさそうだ。富士太郎はただうなずいた。

「わかったよ。――ところで、ききたいことって、なんだい」

かどわかされて二日目にして、ようやく本題に入るのである。正直、待ちかねていた。

「瀬板屋《せいたや》の一件についてききたい」

えっ、と富士太郎はぽかんとした。瀬板屋といわれても、ぴんとこない。初めて耳にする名ではないか。

「瀬板屋の一件って、なんのことだい」

「樺山、おぬしは聞いているはずだ」

「初耳だけどねえ。誰から聞いているっていうんだい」

「おぬしの父親だ」

「父上から……」

そんなことがあるのかな、と富士太郎は首をひねった。富士太郎の父親は一太郎といい、二年ばかり前に病を得て亡くなった。一太郎の口から、瀬板屋、という名が出てきたことは一度もないような気がする。

「聞いてないよ」

「いや、聞いておる。おぬしは忘れているだけだ」

ええっ、と内心で声を上げ、富士太郎は考え込んだ。

「十一年前のことだ」

「そんなに前のことかい」

——おいらが十くらいのときじゃないか。いったいそんな昔のこと、どうしておいらにききたいなんていうんだろう。

首をひねった富士太郎は再び考えた。瀬板屋、瀬板屋、と頭の中で繰り返した。すると、なにかひっかかるものがあった。

「なぜ瀬板屋のことを知りたいんだい。それをきくためにおいらをかどわかしたのかい」

「うるさい」

ぴしゃりといわれ、伊太夫が竹の棒を振り上げた。

「答えぬなら、痛い目に遭わせる。質問をしても駄目だ。わかったか」

「わかったよ」

富士太郎はつり下げられたままうなずいた。

「確かに、父上が瀬板屋という名を口にしたことはあるよ」

「そうだろう。もっと詳しく思い出せ」

うん、と富士太郎は顎を引いた。

「瀬板屋は、十一年ばかり前にあった北国米《ほっこくまい》の汚職に絡んで、潰された四軒の米問屋のうちの一軒だよ」

御蔵役人や勘定方、米問屋が結託し、公儀に入ってくる北国米の量と金額を記した帳簿を改ざんして、四軒の米問屋に大量の米を横流しし、関わった者すべてが莫大な利を手にしたとされる汚職事件である。

「そうだ。よし樺山、知っていることをもっと話せ。ほかの三軒の米問屋の名も覚えているか」

「ええっ」

頭を巡らせたが、さすがに富士太郎は思い出せなかった。

「わからないよ」

「相州屋《そうしゅうや》、小田塚屋《おだづかや》、横川屋《よこかわや》だ」

「なんだ、知っているのかい。だったら、なんできいたんだい」

富士太郎の右肩から、びしり、という音が立った。次いで強烈な痛みが、腕を這い上ってきて、脳天に抜けていった。背筋が寒くなるような痛みである。

「な、なにをするんだい」

痛みに耐えつつ富士太郎は怒鳴った。そんな富士太郎を、伊太夫は平静な目で見ている。須賀蔵たち四人はおもしろがっているようで、にやけたような笑いを見せていた。

んて。

――こいつら、とことん性根が腐ってるね。人が痛がっているのが楽しいだな

「質問をしたら、痛い目に遭わせるといったはずだぞ」

酷薄な口調で伊太夫にいわれ、くっ、と富士太郎は奥歯を嚙み締めた。肩を打たれた痛みはすでに引きつつある。

だが、竹の棒で打たれただけで、まさかここまで痛いとは夢にも思わなかった。

考えてみれば、竹刀で生身を打たれるも同然である。体が震えるほど痛いのは、至極当たり前だろう。

富士太郎を見つめ、伊太夫が続ける。

「四軒の米問屋が潰され、関わった役人も腹を切った者や取り潰しになった家、追放になった者が多数にのぼった」

「そうらしいね」

「他人事のようにいうが、おぬし、父親から詳しい話を聞いているはずだ」

「聞いてなんかいないよ。でも――」

富士太郎は口を閉じた。なんだってあの事件のことをそんなに知りたいんだ

い、という言葉をのみ込んだ。

「北国米の汚職に中心人物がいた。誰か知っているか」

「知らないよ」

「勘定奉行だ」

勘定奉行だって、と富士太郎は思った。北国米汚職のときの勘定奉行って誰だったのだろう。父の一太郎から聞いたのかもしれないが、覚えはない。

「上畑大膳《かみはたたいぜん》という。思い出したか」

伊太夫にきかれて、富士太郎は眉根を寄せた。耳にしたような覚えがないこともないが、せいぜいその程度で、上畑大膳について知っていることなどほとんどない。

「父上から聞かされたことはあるかもしれないけど……」

「旗本四千二百石の上畑大膳は当時、勘定奉行をつとめており、北国米汚職の中心人物だった」

「へえ、そうなのか」

だったら当然のことながら大膳は切腹、上畑家は取り潰しにあったのだろうか。それを知りたかったが、富士太郎はやめておいた。また竹の棒で打たれたくはない。

富士太郎の思いを察知したかのように、伊太夫が説明する。

「上畑大膳は命を助けられた。上畑家は一千石の減知をされたものの、存続を認められて、千代田城の天守番《てんしゅばん》に回された」

勘定奉行とはちがい、閑職といってよい。

「ほう」

どうして上畑大膳は腹を切らずにすんだんだい、と富士太郎は心で伊太夫に問うた。

「瀬板屋を初めとする四軒の米問屋のあるじは死罪になり、店はいずれも潰された。それにもかかわらず、汚職の中心にいた上畑大膳はなにゆえ死を賜わらなかったのか」

どうしてだい、とまた富士太郎は胸中でたずねた。

「それを知るために、おいらをかどわかしたのか……」

つぶやくように富士太郎はいった。

「おぬしの父親が町奉行所を代表して、この北国米汚職に関する調べを行っているのだ」

「えっ、そうだったの」

その伊太夫の言葉を聞いて富士太郎は納得した。北国米汚職の調べに当たっているとき一太郎が何度か瀬板屋などの名を出したことがあるにちがいなく、そのために十歳だった富士太郎の頭の隅に残っていたのだろう。

「ねえ、ちょっときいていいかい」

じろりと伊太夫が目を動かし、富士太郎を見つめた。

「なんだ」

「いま上畑大膳という人はなにをしているんだい。まだ天守番かい」

「いや、もうとうに隠居した。最近、死んだばかりだ」

「やはりそうか」

「知っていたのか」

「そういえば番所内の噂話で、上畑大膳という名を聞いたように思っていたんだ」

「上畑大膳は、病を得て死んだのだ」

畳の上で死ねたのか、と富士太郎は思った。悪いことをしても、運がいい者はこの世にいるんだね。

「いつ亡くなったんだい」

噂で聞いたばかりだから、そんなに前のことではないのではないか。

「ほんのひと月半前だ」

ああ、そうだったのか、と富士太郎は腕に耐えがたいほどのしびれを感じつつ思った。目の前の山平伊太夫は、この上畑大膳の件を詳しく知ろうとしているのだろうか。

だが、と富士太郎は思案した。もしそうだとしたら、なにゆえおいらをかどわかさなければならないのか。徒目付として、おいらに事件のことをきけばすむことではないか。

しかしながら、伊太夫は正式な手続きを踏むことなくおいらをかどわかすという暴挙に出た。

上畑大膳が中心となった北国米汚職に関し、なにか裏があるということなのか。

そうだとして、それはいったいなんなのか。

自在鉤に吊り下げられつつ、富士太郎はそんなことに考えを巡らせた。

しかし、おいそれと、その答えが出る由もなかった。

三

ひんやりしている。

夏といえども、朝方は渡る風が涼しく、とても心地よい。

つややかな朝日を浴びつつ、直之進は珠吉をしたがえるようにして歩き進んだ。

しかし、心には焦りが生まれつつある。富士太郎がかどわかされたのは、おといの出来事である。すでに二日がなすすべもなく経過した。早く助け出したくてならない。だが、今のところ、手がかりはまったくない。

すでに井ノ口屋は、直之進の視野に入っている。

「あるじは、今日はいてくれるでしょうね」

期待をこめた口調で珠吉が語りかけてきた。

「いてくれぬと困るな。女房が、朝早くなら必ずおります、と昨日いっていたゆえ、こうして足を運んだのだからな」

手庇《てびさし》をかざし、珠吉が井ノ口屋を見やる。

「ああ、暖簾は下がっていますね。大勢の人が出入りしているのが見えますよ」

「うむ、それならば、あるじはいると考えてよかろう」

牛込揚場町に店を構える井ノ口屋は、富士太郎を連れ去った権門駕籠の駕籠かきの須賀蔵が、よく使っていたという口入屋である。

昨日は琢ノ介の危惧が的中し、あるじの浪之助《なみのすけ》が不在で、須賀蔵について話を聞くことができなかったのだ。直之進と珠吉は朝早くこうして出直したのだ。

今日、琢ノ介が直之進たちと一緒でないのは、どうしても外せない商い上の約束があるからだ。ひと月以上も前から決まっていたことで、相手は大身の旗本だという。

武家の体面《たいめん》を潰すわけにはいかず、その約束を優先させたのは、琢ノ介としても苦渋の決断だっただろう。その仕事が終われば、すぐに富士太郎捜しに精を出す、と琢ノ介はいっていた。

直之進は珠吉とともに店の前に立った。暖簾越しに店内をのぞき込む。

人足仕事を求めているらしい男たちが大勢、土間に入り込んでいる。できるだけいい条件の仕事を手にしようと、誰もが血走った顔をしていた。

そんな中、帳面を手に土間の真ん中に立ち、的確に男たちに仕事をあてがっているのが、あるじの浪之助のようだ。

男たちは必死の形相をしているものの、声を荒らげる者は一人としていない。いずれもこの店の常連といってよいらしく、浪之助という男に深い信頼を置いているのが、はっきりと伝わってくる。

「湯瀬さま、どうしやすか。あるじに声をかけますかい」

暖簾のそばに立っている珠吉にきかれた直之進は、ためらうことなく首を横に振った。

「いや、待とう。富士太郎さんのためにも一刻も早く話を聞きたいが、あとから来た我らが、必死に職を求めるあの者たちの邪魔をするわけにはいかぬ。あの者たちにも暮らしがあるのだ」

「さいでやすね」

納得したように珠吉もうなずいた。

「もっとも、あるじのあの手際のよさを見ていると、あっしらの番がやってくるのに、大してときはかからないような気がいたしますねえ」

実際のところ、最後の一人となった男が、ほっとしたように井ノ口屋をあとにしたのは、それから四半刻もたっていなかった。

紹介状らしい一枚の紙を手にして足取りも軽く遠ざかっていく男をちらりと見送った直之進は、暖簾を静かに払った。

「ごめん」

「いらっしゃいませ」

即座に返事があった。

土間に立つあるじらしい男が帳面から顔を上げ、直之進と珠吉を穏やかに見ている。

「すみません、長いことお待たせしてしまいまして」

あるじが丁寧に辞儀した。

「おぬし、俺たちがいることがわかっていたのか」

まるで戦場のような雰囲気の中に身を置いていたというのに、外の様子まで見えていたというのは、よほど勘働《かんばたら》きに優れた男なのだろう。ほとんど一人でこの店を切り盛りしているのも、得心がいくというものだ。

「手前が、井ノ口屋のあるじ浪之助でございます。湯瀬さまと珠吉さんですね。女房から、お話はうかがっておりますよ」

「それはありがたい」

直之進が顔をほころばせると、浪之助も人なつこい笑顔を見せた。

「立ち話もなんですから、こちらにおいでください」

すっかり静かになった土間を横切り、浪之助が左手の扉を開けた。そこは、まるで隠し部屋のような、畳の敷かれた四畳半の小上がりになっていた。掃除が行き届いており、畳がかぐわしいにおいを放っている。

浪之助に勧められるまま、直之進は珠吉とともに畳の上に座した。両刀を腰から抜き、畳に置く。

直之進たちの向かいに浪之助が膝をそろえて座る。つと思い出したように立ち上がった。

「今お茶をお持ちいたします」

浪之助を見上げ、直之進は手を振った。

「いや、心遣いはけっこうだ。一刻も早くおぬしと話がしたい」

「さようですか、承知いたしました」

着物の裾を払い、浪之助が座り直す。

「なんでも、昨日は須賀蔵さんのことで、お見えになったとうかがいましたが」

唇を湿して、浪之助のほうから切り出した。

「その通りだ」

うなずいた直之進は懐から一枚の人相書を取り出し、浪之助に手渡した。丁重に受け取った浪之助は真剣な目を人相書に落とした。

「これは、確かに須賀蔵さんですね」

顔を上げ、浪之助が人相書を返してきた。それを直之進は受け取り、丁寧にたたんで懐中にしまい入れた。

「昨日、おぬしの女房どのに話したが、須賀蔵は町方同心のかどわかしに関わっていると思える」

それを聞いて、浪之助が暗い顔になった。

「ええ、確かに女房から聞きました。しかし、手前は信じられないですよ。須賀蔵さんの気性の荒さは感じておりましたが、決して悪い人ではないと思っていました。まさかそのような大それたことをするなんて……」

首を軽く振り、浪之助がため息をついた。

「須賀蔵がかどわかしに絡んでいるのは、まずまちがいないだろう」

強い口調で直之進は断言した。

「俺は、かどわかされた町方同心とは深いつき合いがあってな。命を救ったり、救われたりした仲だ。真の友垣といってよい。——この珠吉は、その町方同心の中間をつとめている。誰よりも町方同心のことを案じている」

「さようでございましたか。それは、さぞご心配でございましょうね」

相手を思いやる真摯な顔で浪之助がいった。

「井ノ口屋、きくが、須賀蔵が今どこにいるか、知らぬか」

直之進の問いに、残念そうに浪之助がかぶりを振った。

「申し訳ありませんが、存じません」

「そうか」

唇を噛み、浪之助が少し悔しげにする。

「以前は、うちの近所の長屋に住んでいました。さまざまなお武家を手前は紹介いたしましたよ。須賀蔵さんはこれといって好き嫌いもなく、半季奉公をしていましたね。しかし、ここしばらくはまったく会っていません」

「須賀蔵が気に入り、居着いた武家はないか」

「いえ、そのようなところはございませんでしたね。どこも半季できっちりと終わりにしていましたから。お金がなくなると、また半季奉公に出るということを繰り返していました。須賀蔵さんは博打が好きで、中間部屋ではどこも顔だったようですよ」

町方の手が入ることのない中間部屋は賭場が開かれることが少なくないが、須賀蔵が博打を覚えたのは、もともと中間部屋だったのかもしれない。

「須賀蔵は、駕籠かきとして武家に奉公したのか」

直之進は新たな問いを放った。

「さようです」

ふむ、と直之進は小さくうなずいた。

「須賀蔵は、この店とは長いつき合いだったのか」

「さて、およそ四年ばかりでしょうか。長いといえば長いでしょうね」

うむ、と直之進はいった。

「ここしばらく会っていないといったが、おぬしが最後に須賀蔵に会ったのはいつだ」

「一年ばかり前でございます」

事前にきかれることを想定していたのか、浪之助がすらすらと答えた。

「一年前は川白《かわしろ》さまというお武家を紹介いたしました。その後、須賀蔵さんには会っておりません。川白さまでの奉公を須賀蔵さんが無事に終えたことは、わかっております」

　そうか、とつぶやいて直之進は考えに沈んだ。

「先ほど、須賀蔵は近所の長屋に住んでいたといったが、その長屋を教えてくれぬか」

「お安い御用でございますよ」

　長屋は喜多造店《きたぞうだな》といい、大家の名は采吉《さいきち》だそうだ。

「前に采吉さんから聞いたのでございますが、須賀蔵さんは無宿人だったそうでございますよ。それを采吉さんが哀れんで請人《うけにん》になり、喜多造長屋に住まわせたそうです」

「采吉という大家は、須賀蔵にとって恩人ではないか」

「そういうことになりましょうね」

　だとすれば、須賀蔵に関して采吉は耳寄りなことを知っているかもしれない。須賀蔵も恩人として采吉にはなんでも話しているかもしれないではないか。

　この考えは甘いだろうか。須賀蔵は町方同心のかどわかしに関わるような男だ。とにかく、采吉に会ってみる価値はあるだろう。

「井ノ口屋、とてもよい話を聞けた。忙しい中に時を取ってもらい、感謝の言葉もない」

「忙しいなど、とんでもありませんよ。こちらこそ湯瀬さまと珠吉さんをお待たせしてしまい、まことに申し訳ございませんでした」

実直さを感じさせる声音でいって、浪之助が深々とこうべを垂れた。

「井ノ口屋、顔を上げてくれ」

すぐに直之進はいい、浪之助をじっと見た。

「あるじ、一つきいてもよいか」

「はい、なんでございましょう」

浪之助は、よく光る目を直之進にぶつけてきた。

「おぬし、なにゆえ一人で店を切り盛りしているのだ。先ほどの忙しさを見る限り、一人ではさすがに辛かろう」

「ああ、それでございますか。お恥ずかしい話ですが……」

軽く月代をかいてから、浪之助が語る。

「これまでに四度《よたび》、信用していた手代や番頭に店の金を持ち逃げされているのですよ。それで人を雇うのはやめたのです」

「四度もか」

「さようでございます。三度目《みたびめ》にお金を持ち逃げされた際、もう人を雇うのはやめようと手前は決意しました。しかし、あまりの忙しさに負け、これならば大丈夫だ、と見込んだ人を雇いました。ところが、結局はまた同じことの繰り返しになってしまいました」

「また持ち逃げされたのか」

気の毒に、と直之進は思った。

「さすがに四度目の持ち逃げで懲《こ》りました。もう金輪際《こんりんざい》、人を雇うのはやめよう、と固く決意しました。これは、女房とも話し合った結果です。もちろん、すべての人を信用していないわけではありません。しかし、これだけ持ち逃げが重なるということは、手前にはそうさせてしまう隙というか、なにかがあるにちがいない、と思ったものですから」

浪之助を見て直之進は首をひねった。

「おぬしに隙があるように見えぬがな」

「ありがたいお言葉ですが、実はそれがそうでもないのでしょう」

「しかし、一人ではやはり大変だろう」

「確かに楽とはいい難いですが、そんなことはいっていられません。今は、これが当たり前だと思って、仕事に励んでおります」

「女房は手伝わぬのか」

「手伝うといってくれているのですが、手前が断っています」

「なにゆえだ」

「大きな声ではいえませんが」

実際に浪之助は声をひそめた。

「もし女房に金を持ち逃げされたら、目も当てられないからです」

「いくらなんでも女房は大丈夫だろう」

「確かに信用はしておりますが、やはり、魔が差すということもございます。手前のなにかが人を犯罪に走らせてしまうということですから、女房には手前のいないときの留守番のみ、頼んでおります」

四度も金を持ち逃げされれば、疑心暗鬼になるのも当然だろう。

「今日もこれから出かけるのだな」

「さようです。手前が世話をした者がしっかりと働いているか見回りつつ、ここしばらくご無沙汰の得意先も回ってこようと考えております」

そういえば、浪之助と同業の菱田屋《ひしだや》紺右衛門《こんえもん》も、その教えを受けた琢ノ介もまったく同じことをしているはずだ。繁盛している店というのは、やはりあるじの姿勢からして異なっている。やる気が満ち満ちている感じが強くする上に、するべきことをしているのがよくわかる。寂《さび》れた店というのは、どこか人任せになっており、繁盛しないことを誰かのせいにしたがるところがあるようだ。

口元を引き締め、直之進は畳の上の両刀を引き寄せた。立ち上がり、それを帯びる。

「ではあるじ、これでな。また会おう」

「はい、またお目にかかれたらと、手前も強く願っております」

浪之助からは、心からいっているということが、はっきりと伝わってくる。

「かどわかされたお役人が無事に戻ってくることを、手前もお祈りいたしております」

「得意先を巡っているときにでも、なにか妙なことを聞き込んだりしたら、すぐに知らせてもらえぬか。かどわかされた町方同心は、樺山富士太郎さんというのだ」

「樺山さまでしたら、二度ばかりお話をさせていただいたことがございます。さようですか、樺山さまが……」

しばらく黙り込んでいたが、浪之助が顔を上げ、わかりました、といった。

「樺山さまのお名を胸に刻みつけて、手前は仕事に励むことにいたします。――それで湯瀬さま、手前がなにかつかんだときはどこにお知らせすればよろしいですか」

直之進は、小日向東古川町の長屋の名と場所を伝えた。

「小日向東古川町でございますね」

「そうだ。おぬし、同業の米田屋を存じているか」

「もちろんでございます。手前は、亡くなった光右衛門さんには大変、お世話になりました。商売の悩みについて、いろいろと相談にも乗っていただきました。もちろん、葬儀にも参列させてもらいました」

「ああ、そうだったのか」

直之進の頭が自然に下がった。それにしても、こんなところでも光右衛門の影を見ることになった。舅《しゅうと》の顔の広さが知れた。光右衛門の面影が目の前にあらわれ、胸がきゅんとなった。また会いたい、との思いを直之進は強くした。しかし、その願いがかなうことは決してない。

直之進の顔を見つめて浪之助がいった。

「湯瀬さまのお顔も、葬儀の際に拝見させていただいております」

「ほう、まことか」

「ええ。本当に盛大な葬儀でございましたね。光右衛門さんのお人柄が偲《しの》ばれましたよ」

まったくだな、と直之進は思った。

「おぬしがなにかをつかんだとき、もし俺が長屋に不在だったら、米田屋に知らせてくれぬか」

「お安い御用でございます」

「では、よろしく頼む」

浪之助に礼をいって直之進は井ノ口屋をあとにした。浪之助が外まで見送りに出てきた。

改めて礼を口にした直之進は珠吉とともに、さっそく須賀蔵が住んでいたという喜多造長屋に足を向けた。

だが、不意に横合いから前途をさえぎる影があらわれた。むっ、と直之進は身構えかけたが、すぐに体から力を抜いた。

「なんだ、倉田《くらた》ではないか」

うむ、と佐之助《さのすけ》がうなずいてみせた。

「驚かすな。しかし、まさかこんなところで倉田に会うとは、夢にも思わなかった」

「湯瀬、偶然だと思うか」

思わせぶりに佐之助がいった。

「なに」

眉根を寄せて直之進は佐之助を見つめた。

「俺も樺山捜しに加えるよう、湯瀬にいいに来たのだ」

「倉田、おぬし、富士太郎さんがかどわかされたことを知っているのか」

「むろん」

佐之助が深々とうなずいてみせた。わずかに苦笑している。

「なにゆえ知っているかというとな、おととい、樺山を捜し出すためにおぬしは単身で派手に動き回っただろう」

「つまり、その動きがおぬしの耳に入ったというのか」

「まあ、そういうことになるな。湯瀬、おとといの昼すぎ、おぬしが話を聞いた男の子を覚えているか」

「忘れるわけがない。小一郎だ」

「そうだ。小一郎の父親は包丁人だが、今はうちの近所の一膳飯屋で働いている。昨晩、俺たちはその店で夕餉をとったのだが、そのときに遊びに来ていた小一郎から、こんなことがあったと話を聞いたのだ。小一郎の口からおぬしの名が出て、俺は驚いたぞ」

そういえば小一郎の父親は、米田屋を利用して奉公先を探しているとのことだった。佐之助の住んでいる音羽町は小日向東古川町から近く、その一膳飯屋は米田屋の縄張内にあるといってよかろう。

「そうか、小一郎から聞いたのか」

「湯瀬、わかっていることをすべて俺に教えてくれ」

「承知した」

佐之助が富士太郎捜しに力を貸してくれるのなら、百人力といってよい。直之進としてはありがたいことこの上ない。

ついこのあいだも、旗本岩清水《いわしみず》家の用人だった三船象二郎《みふねしょうじろう》が企てた偽の名刀絡みの一件で、佐賀大左衛門《さがだいざえもん》が目を斬られた事件を、ものの見事に解決に導いたのは、佐之助だった。佐之助一人で、ほとんどけりをつけてしまったのである。

佐之助の探索の腕はぴかいちなのだ。

申し出を受けてもよいかという意味で、直之進は珠吉を見た。

「あっしに否やなどあろうはずがございませんぜ。倉田さまが加わってくださるなど、なんともありがたい話でござえやすよ」

珠吉も感謝の思いしかないようで、佐之助に向かって頭を下げた。

「樺山はよい男だ。俺とはいろいろあったし、樺山の中にはまだわだかまっているものがあるようだが、俺はやつをなんとしても救いたい。死なせるには、あまりに惜しい男だ」

佐之助の言葉が心に響いたようで、珠吉が目を潤ませている。

「倉田さま、よろしくお願いします」

涙をこらえるような表情で、珠吉が深々とこうべを垂れた。

うむ、と佐之助が首を縦に動かした。

「果たしてうまくいくかはわからぬが、全力を尽くさせてもらおう」

「うまくいくに決まっている」

佐之助を見つめて、直之進は強くいった。

「そうなればよいな」

直之進は、これまでにわかったことをすべて佐之助に伝えた。

聞き終えて佐之助が直之進を見つめ返した。

「これから湯瀬は、長屋の大家の采吉と会うのだな」

「そうだ。倉田はどうする」

「おぬしの話を聞いた中で、俺の中でちと気になったのは、壺振りの磐之助という男だ」

「磐之助がか。なにゆえだ」

「俺が行けば、磐之助がいい足りなかったことを引き出せるのではないか、という気がしてならぬ」

「つまり、俺の磐之助に対する調べでは、足りなかったというわけか」

「湯瀬、気を悪くしたか」

ふっ、と直之進は笑いを漏らした。

「見損なってもらっては困る。俺はそのくらいで気を悪くするようなことはない」

「確かにな。駿河人《するがびと》らしいというのか、おぬしには気がよすぎるところがある。まあ、別の者が磐之助に会えば、またちがうことが聞けるのではないかと、ただ、そう思っただけのことだ。それが樺山の居場所につながるのか、それとも須賀蔵がいるところに導いてくれるのか、それはわからぬが」

「須賀蔵が見つかれば、富士太郎さんの居場所は知れたも同然だ。どちらでもよいのだ。ならば倉田、勘にしたがって動いてくれ」

「承知した」

「倉田、今日の終わりにでもどこかで落ち合うか」

思いついて直之進は提案した。

「いや、その必要はなかろう」

なぜ必要ないのか、いわれずともわかった。珠吉も、納得したような顔をしている。

「調べていくうちに、互いの線がどこかで交錯すると倉田はいいたいのだな」

「そういうことだ」

「本当にどこかで会えたらよいな」

「必ずそうなろう」

「倉田がいうのなら、なるのだろう。では倉田、これでな」

「うむ、また」

直之進と珠吉は、佐之助と別れた。

「ありがたいですねえ」

歩き出してすぐに珠吉がしみじみといった。

「まったくだ。富士太郎さんの人徳のたまものといえような」

「それもあるのでしょうが、倉田さま、お変わりになりましたねえ」

「本当だな」

前とはまったくの別人といってよい。いまだに少し狷介《けんかい》なところはあるが、ほとんど気にならない。

佐之助と別れて二町ばかり歩き、直之進たちは喜多造店に着いた。

人にきくと、大家の采吉の家は喜多造店の手前にあった。

幸いなことに采吉は在宅しており、直之進と珠吉は客間に招き入れられた。女房が香り高い茶を出してくれた。喉が渇いていたので、直之進たちは遠慮なくいただいた。

直之進と珠吉が湯飲みを茶托に戻したのを見て、采吉が口を開いた。

「須賀蔵さんのことでお話を、ということでございましたな」

「さよう」

「ずいぶん懐かしい名を聞くものだ。須賀蔵さん、どうかされましたか」

直之進は、須賀蔵がどんな犯罪に荷担したか、平静な口調で語った。

「なんですって」

采吉が仰天し、その弾みで湯飲みがひっくり返りそうになった。女房も驚愕し、目をみはって直之進を呆然と見ている。

「ま、まことですか。まことに須賀蔵さん、町方の旦那をかどわかしたんですかい」

「おそらく須賀蔵は命じられたか、金で雇われたかしたのだろう。本当の下手人が別にいるのはまちがいないところだが、須賀蔵が町方同心のかどわかしに力を貸したのは疑いようがない」

「さようですか」

采吉がしょんぼりする。女房もうなだれている。

「須賀蔵さんには自分なりによくしたつもりでしたが、結局はそういう道を選んでしまったんですねえ」

慨嘆《がいたん》するように采吉がいった。

「いま須賀蔵がどこにいるか、知らぬか」

「いえ、まったく存じません。つき合いが絶えて、もう一年はたちますので」

「須賀蔵の人別《にんべつ》はどうなっている」

「今もこの町にあります」

そうか、と直之進はいった。

「おぬしが須賀蔵の請人となり、そこの喜多造店に住まわせたと聞いたが、まことか」

「はい、本当のことでございます」

「須賀蔵にそのような世話をしたのはいつのことだ」

「五年ばかり前だと思います」

「どうして世話をすることになった」

「五年前の秋の日、酔い潰れてうちの軒下で寝ていたのですよ。追い出すのはたやすいことでしたが、食事を与え、事情を聞きました。家を飛び出してきたらしいんですが、詳しい事情はいいませんでした。悪い男ではないと判断し、手前は請人となり、長屋に住まわせたのですよ」

「家を飛び出したのか。須賀蔵はどこの生まれか、いっていたか」

「江戸の生まれだそうですよ。ただし、どこの町かは口にしませんでした」

直之進は女房を見た。女房は、すまなそうにかぶりを振ってみせた。

「そうか」

ふむう、と直之進は息をついた。横に控える珠吉に目を当てた。

手がかりがここで切れた感じがする。

だが、なにか考え出さなければならない。またも佐之助の活躍で富士太郎が助け出されては、あまりに自分が情けない。

富士太郎が無事に救い出されれば、誰の活躍によっても構わないのだが、やはり直之進とて忸怩《じくじ》たらざるを得ない。

なんとしても佐之助よりも早く富士太郎を見つけ出したい。

確か、と直之進は思った。一年前、川白という旗本の家での奉公を最後に、須賀蔵は消息を絶ったのだ。川白という旗本家で誰かと知り合い、悪の道に引き込まれることになったのではあるまいか。

よし、川白家に行ってみよう、と直之進は決意した。

四

足を止めた。

ここだな。

戸口に立ち、佐之助はどんどんと戸を叩いた。はい、と中から女の声で応えがあった。少し警戒しているような声だ。

おそらく、おすがという女だろう。磐之助の情婦《いろ》である。

「どなたですか」

戸越しにおすがらしい女がきいてきた。

「俺は倉田という」

「倉田さま」

「おぬしはおすがだな」

「は、はい」

なにゆえ自分の名を知っているのか、戸惑ったような声がした。

「あの倉田さま、どのようなご用件でしょう」

「磐之助に会いたいのだ」

それを聞いて、おすがが黙り込む。

「昨日、湯瀬直之進という男が来ただろう。俺は湯瀬の友垣だ」

友垣という言葉に佐之助は面映《おもは》ゆいものがあったが、今はもうその言葉を使っても構うまい。

「だから、信用してもらってけっこうだ。磐之助は命を狙われているそうだな。それも湯瀬から聞いたのだが、もし俺が刺客であるなら、とっくにこの戸を蹴破っている」

「あの、湯瀬さまがどちらに住んでおられるか、ご存じですか」

なおも警戒の気持ちをゆるめることなく、おすがきいてきた。

「小日向東古川町だ」

その言葉にようやく納得したか、目の前の戸がするすると横に開いた。年増の女が、そっと顔をのぞかせる。

「俺は倉田佐之助という」

佐之助は改めて名乗った。

「湯瀬さまの友垣というのは、嘘ではありませんね」

「むろん。俺は嘘などつかぬ」

おすがの肩越しに佐之助は家の中を見た。

「磐之助はいるか」

「はい、おります」

「会わせてくれ」

「あの、しばらくお待ちいただけますか」

「かまわぬが、もし磐之助が逃げるような気配を少しでも感じたら、俺は遠慮なく踏み込ませてもらう。磐之助を殺すようなことはせぬが、とっ捕まえて、話を聞くことになろう」

「わ、わかりました」

息をのんで佐之助を見、おすがが家の中に引っ込んだ。

待つほどもなく、おすがが戻ってきた。

「お入りください」

「すまぬ」

会釈して佐之助は土間に足を踏み入れた。雪駄を脱ぎ、狭い式台を上がった。

「こちらに」

おすがに導かれるままに廊下を進み、客間らしい部屋に落ち着いた。向かいの襖の向こう側に人の気配がしている。それを察して、佐之助は両刀を腰から抜き取り、畳に置いた。

それを待っていたかのように襖が開き、一人の男が客間に入ってきた。佐之助をうかがうような目で見ている。

「失礼いたしやす」

頭を下げて、男が佐之助の前に正座する。

「おぬしが磐之助か」

「へい、さようで」

磐之助が怪訝《けげん》そうに佐之助を見つめた。

「あの、どんなご用件でいらしたんですかい」

「須賀蔵のことで話を聞こうと思ってな」

「須賀蔵のことなら、昨日、湯瀬さまにお話しいたしましたよ」

「あれから須賀蔵のことで思い出したことはないか」

「思い出したことですかい」

困惑したようにいって、硬い顔で磐之助が腕組みをする。

「これといってなにも……」

「よく考えろ」

「しかし……」

「つべこべいわず、考えろ」

「は、はい」

その瞬間、佐之助は刀をつかんだ。

「うわあ」

それを見た磐之助が向かいの襖のほうへ逃げ出そうとする。

「待てっ」

佐之助は肩をつかみ、磐之助を引き戻した。

いきなり襖が吹き飛ばされたかのようにはずれ、こちらに倒れかかってきた。

「うわ、な、なんだ」

わけがわからず、磐之助が悲鳴のような声を上げる。逃げようとしたが、襖の下敷きになった。必死に襖から逃れようとするが、あわてすぎているせいか、ただもがくだけになっている。

倒れ込んだ襖とともに、磐之助に向かって突進してきた影があった。旋風のような気配を佐之助は感じ取った。

影は刀を手にしているが、通常のものより刃長が短いようだ。小太刀といってよい。まちがいなく磐之助を狙う刺客であろう。はなから屋内での戦いを想定して襲ってきたのだ。

だが、刺客の目論見《もくろみ》が外れたのは、佐之助がこの場にいたことだ。佐之助がいなかったら、磐之助は一瞬であの世に旅立っていたことだろう。

抜刀した佐之助は、刺客の斬撃を刀ではね上げた。ぎん、と鋭い音が立ち、驚きの目で刺客が佐之助を見た。憎悪に燃えた目でにらみつけてくる。

刺客はどうやら浪人のようだ。鉢巻に襷《たすき》がけをし、股立《ももだ》ちを取っている。

まずは佐之助を殺らぬ限り、磐之助を始末できないことを覚ったようで、姿勢を低くして斬りかかってきた。

胴を狙ってくる。

斬撃はそれなりの鋭さを秘めていたが、佐之助はすでに刺客の腕のほどを見極めていた。修羅場をくぐった数も佐之助のほうがはるかに多いだろう。

おそらく、刺客は佐之助がこの家にやってきたことも知らなかったようだ。磐之助の居どころを突き止めるやいなや、気を逸《はや》らせて襲ってきたのであろう。殺しをもっぱらにする者かもしれぬが、おそらくこの稼業についてまだ日が浅いのだ。

刺客の斬撃を楽々と弾き返した佐之助は、峰を返して刺客の左肩に刀を叩き込んだ。

ううっ、とうなり、刺客が片膝を畳につきそうになった。なんとかこらえ、佐之助に向かって刀を振り下ろそうとする。

腹ががら空きだった。佐之助は容赦なく刀を打ち込んだ。

うげっ、となにか透明な液体を吐き出し、刺客が畳の上に倒れ込んだ。手にはまだ小太刀を握っている。

佐之助は刺客の手を蹴った。小太刀が畳の上を滑り、腰高障子にぶつかって止まった。

磐之助はすでに襖を払いのけて、敷居際に立っていた。恐怖の目で刺客を見ている。刺客はもぞもぞと畳を這いずっていた。

「おすが」

刀を鞘におさめた佐之助が呼ぶと、おそるおそるという風情《ふぜい》でおすががやってきた。

「自身番に知らせろ」

「は、はい、わ、わかりました」

すぐにおすがの顔が消えた。

「磐之助、帯はあるか」

「はい」

磐之助は自分の着物の帯を外し、佐之助に手渡した。

それを受け取った佐之助は、今はもう力尽きて気絶している刺客の腕をがっちりと縛り上げた。

「倉田さま——」

唾を何度も飲み込んで磐之助が呼びかけてきた。佐之助は顔を向けた。

「ありがとうございました」

まだ恐怖が去らないのか、おずおずとした感じでいった。

「礼などいい」

「あの……」

「なんだ」

「思い出したことがあります」

むっ、と佐之助は磐之助を見つめた。

「須賀蔵のことだな」

「さようです」

刺客の襲撃が思い出す一助になったようだ。

「聞かせろ」

はい、とうなずき、磐之助が敷居際にぺたりと座った。乾いた唇を色の悪い舌でなめた。

「須賀蔵は、もともと寛英堂《かんえいどう》という医者の家の三男坊なんですよ」

「医者の出か」

「はい、まちがいありやせん。前にそんなことをいってやしたから」

「その医者がどこの者か、知っているか」

「ええ、わかりやすよ」

「どこだ」

「小石川春日町《こいしかわかすがちょう》です。今は、須賀蔵の兄貴が診療所を継いでいるはずですよ」

「兄貴がな。わかった。小石川春日町だな。では今からさっそく行ってみよう」

磐之助にうなずいてみせて、佐之助は部屋を出ようとした。

「あっ、倉田さま、もう行かれるんですかい。あの、この男はどうしやしょう」

磐之助の目は刺客に当てられている。

「おぬしが決めればよい。哀れだと思って解き放ちたかったら、それでも構わぬぞ」

「はあ、さいですかい」

「では、俺は行くぞ。ときが惜しいからな」

佐之助は、長居は無用とばかりに、その場を飛び出した。

第三章

一

足を運ぼうと考えたものの、旗本の川白家がどこにあるか、直之進は知らない。

珠吉も同様である。

迂闊《うかつ》よな、と直之進は顔をしかめた。井ノ口屋のあるじの浪之助に会ったとき、川白屋敷の場所をきいておけばよかったのだ。

だが、とすぐに直之進は思い直した。この手のしくじりを肝に銘じて教訓となし、同じ過ちを繰り返さぬことが肝心なのだ。それでこそ、本物の探索のやり方が身につくというものだろう。

もっとも、と直之進は思った。佐賀大左衛門の学校構想がうつつのものになり、そこでの剣術の師範代を生業としたとき、もはや本物の探索のやり方をおのがものとする必要はない。おそらく二度と探索の仕事に手を染めることはないからだ。

それでも、と直之進は強く感じた。どのようなときでも人は成長していかねばならぬ。

本物の探索のやり方を覚える必要がないなどというのは、傲慢にほかならない。

——今このときも、俺は伸びていかねばならぬのだ。常に謙虚にひたむきに。

この言葉を座右《ざゆう》の銘《めい》として、この先、生きていかねばならぬ。

そんなことを思いながら、直之進は珠吉とともに井ノ口屋に戻った。

すでにあるじの浪之助は外回りに出かけており、女房が留守番をしていた。

「おぬし、川白家という旗本屋敷の場所を存じておるか」

土間に立ち、直之進は穏やかな口調で女房にたずねた。

「存じております」

女房がこくりとうなずいた。亭主にいわれて、川白家に使いに出たことがあるのだそうだ。

「川白さまのお屋敷は、牛込御留守居町《うしごめおるすいちょう》にございます。雷に打たれて幹が二つに割れてしまった欅《けやき》の大木が目印になっています」

「雷にやられた欅だな。よくわかった。――それと、もう一つよいか。川白家の用人は、なんという方かな」

「私がお目にかかったご用人は、郷田《ごうだ》さまとおっしゃいました」

郷田どのか、と直之進はその名を胸に刻みつけた。

「これで終わりだ。あるじの留守に押しかけて、まことに申し訳なかった」

真摯な口調で直之進は女房にいった。

「とんでもないことでございます。私がお役に立てて幸いでございました」

「うむ。あるじによろしく伝えてくれ」

「承知いたしました」

ゆったりとした笑みを返して、女房が丁寧に腰を折った。

女房の見送りを受けて井ノ口屋を出た直之進は、珠吉の先導で牛込御留守居町に向かった。

珠吉が腕を上げ、指さした。

「あの屋敷じゃありやせんかね」

珠吉にいわれ、直之進は目を向けた。視野に真っ二つに割れた欅の大木が入っている。

「まちがいあるまい。しかし、あの木は見事に雷にやられたものだな」

「まったくで」

川白屋敷の表門まで半町以上あるが、ぐるりを土塀に囲まれた敷地は、優に七、八百坪はあるのがわかった。

川白家の石高は知らないが、あれだけの敷地なら千石を超えているのかもしれない。

立派な長屋門は大きく開かれていた。二人の門衛が門前に立ち、路上を行きかう者に厳しい眼差しを投げている。その二人の目が直之進と珠吉に移ってきた。

右側の背の高い門衛にまっすぐ近づいた直之進は名乗り、用件を告げた。

「ご用人の郷田どのにお目にかかりたい」

「ご用人に。申し訳ござらぬが、お名をもう一度よろしいか」

目の光を和らげて背の高い門衛がきいた。直之進は再び名を口にし、珠吉の名も告げた。

「湯瀬どのといわれたが、郷田さまにどのようなご用件でござろうか」

背の高い門衛が問う。

「一年ばかり前に、御家が駕籠かきとして雇っていた須賀蔵のことで、郷田どのにお話を伺いたいと思いましてな」

「須賀蔵でござるか……」

そういえばそんな男がいたような、と背の高い門衛が思い出したような顔つきになった。もう一人のずんぐりとした体つきの門衛も同様なのか、うなずきを繰り返している。

「承知いたしました。しばしお待ちくだされ」

くるりと体を返して背の高い門衛が長屋門をくぐり、敷地内に入っていく。敷石を踏んで母屋に姿を消した。

ずんぐりとした門衛はその場にとどまり、直之進たちを瞬きすることなく見つめている。

さほど待つことなく背の高い門衛が、直之進たちのもとに足早に戻ってきた。

「お待たせいたしました。郷田さまがお目にかかるそうにございます。どうぞ、こちらにおいでくだされ」

背の高い門衛が先に立つ。直之進たちはそのあとをついていった。

母屋に入ったところで背の高い門衛が直之進たちに一礼してみせ、門のほうへと戻っていった。

式台に、端整な顔立ちをした四十代半ばと思える侍が立ち、直之進と珠吉を見つめていた。直之進と目が合うとにこりと会釈し、それがしが郷田でござる、とよく通る声でいった。

「湯瀬どの、珠吉とやら、どうぞこちらに」

式台に上がった直之進と珠吉は、郷田の案内で廊下を進んだ。五間ほど行ったところで立ち止まった郷田が、滝の絵が描かれた襖を静かに開ける。

いわれるままに直之進たちはその部屋に足を踏み入れた。いかにも客間らしくすっきりとした八畳間である。

座布団が敷いてあったが、直之進はそれを後ろに下げ、畳に正座した。直之進のやや斜め後ろに控えるように座った珠吉も、座布団は使っていない。

敷居際で一瞬、二人を見据えるような目つきをした郷田が客間に入ってきて、直之進の正面に端座した。

直之進を見つめてから、口を開いた。

「湯瀬どの、須賀蔵のことでいらっしゃったとうかがいましたが」

大身の旗本家の用人ということもあり、やるべき仕事が山積しているのか、郷田がすぐさま水を向けてきた。

富士太郎を救い出すためにときが惜しい直之進も、そのほうがありがたかった。すぐさま最初の問いを投げた。

「郷田どのは、須賀蔵のことを覚えておられるか」

郷田が首をひねるような仕草をみせた。

「よくというほどではござらぬが、それがしが、さる口入屋の紹介で採った者にござれば、須賀蔵のことは忘れてはおりもうさぬ」

「さる口入屋というのは、井ノ口屋のことですね」

「おう、ご存じであったか」

「井ノ口屋のあるじに無理をいい、いろいろと話を聞かせてもらいました」

「あるじの浪之助は、できた男にござる。それがしは信頼してござる」

「それがしも、井ノ口屋浪之助という者は誠実な男だと思いました」

居住《いず》まいを正した直之進は、郷田をまっすぐ見た。

「実は——」

南町奉行所の定廻り同心の樺山富士太郎がかどわかされ、それに須賀蔵がまちがいなく荷担していることを、直之進は淡々と告げた。

「な、なんと」

わずかに腰を上げ、郷田が瞠目する。

「まことでござるか」

確かめるように郷田が直之進と珠吉を交互に見た。

「まことです」

直之進は深くうなずいてみせた。珠吉も顎を引いた。

「あの須賀蔵が、そのような大それた真似をするとは……」

ごほん、と咳払いをして郷田がきく。

「なにゆえ須賀蔵は、そのようなことをしでかしたのでござろうか」

きかれて直之進はかぶりを振った。

「それはまだわかっておりませぬ。今は須賀蔵こそが樺山どのにつながる唯一の手がかりゆえ、須賀蔵のことをそれがしどもは徹底して調べております」

「それで、当家にいらしたというわけでござるな」

座り直した郷田は、納得したような顔になっている。

「しかし、当家にいたときの須賀蔵にはそのような真似をする様子は、まったくなかったように思えますな。確かに粗雑なところはござったし、博打好きでもあったようだが、ほかの雇われ中間も似たようなものでござろう。大きな体をしている割に須賀蔵は気がよく、人にはなかなか親切で、我が殿に対しても敬意を払っておりもうした」

敬意をな、と直之進は思った。すぐに新たな問いを放つ。

「須賀蔵が、駕籠かきとして御家に奉公していたのは一年ばかり前までとうかがいましたが、まちがいありませぬか」

「まちがいござらぬ。今と同じような暑い時季にやめていきもうしたゆえ」

「その後の須賀蔵の消息をご存じか」

「知りもうさぬ」

郷田が首を横に振った。

「当家での奉公をやめて以降、それがしは須賀蔵とまったくつながりはござらぬ。それは、須賀蔵が特別ということではのうて、他の雇われの中間なども同様にござる」

「御家に奉公している最中、須賀蔵に親しい者はおりましたか」

「仲のよい駕籠かきがおりましたな」

直之進は身を乗り出した。

「その者の名は」

声が高ぶらないように注意して直之進はたずねた。

「船二《ふねじ》といいもうした」

船二か、と直之進はその名を決して忘れないようにした。

「船二は、今もこちらにおりますか」

「いえ、おりもうさぬ」

すぐに郷田が言葉を続ける。

「須賀蔵とともに、当家での奉公をやめてしもうたのでな」

そうだったのか、と直之進は体をもとに戻した。

「船二が今どこにいるか、郷田どのはご存じですか」

「残念ながら……」

郷田が申し訳なさそうにいう。たたみかけるように直之進はきいた。

「御家が船二を雇い入れたのは、井ノ口屋の仲介ですか」

「さにあらず」

目に光をたたえて郷田が否定する。

「当家の近所に仁尾加屋《におかや》という口入屋がござる。そこから雇い入れもうした」

仁尾加屋に行けば、船二について詳しいことがわかるかもしれない。船二のことが知れれば、須賀蔵の居場所も明らかになるのではないか。

もしかしたら、と直之進は気づいた。富士太郎がかどわかされた際、船二も須賀蔵同様に権門駕籠を担いでいたかもしれないではないか。

いや、まちがいなくそうであろう。確信した直之進は郷田に眼差しを注いだ。

「船二も須賀蔵と同じく半季奉公でしたか」

「さよう」

「船二が御家に奉公したのは初めてでしたか」

「初めてにござる」

「郷田どの、口入屋の仁尾加屋の場所を教えていただけますか」

「お安い御用にござる」

快諾し、郷田がすらすらと道筋を述べる。

それを直之進は頭に叩き込んだ。江戸の町に詳しい珠吉もいるからそこまでしなくてもよいのかもしれないが、珠吉に寄りかかりっぱなしというわけにはいかない。

珠吉のような者がそばにいないとき、頼りになるのはおのれだけなのだ。なにごとも自分でできるように、癖をつけておかねばならない。

――これで、ききたいことをすべてきいただろうか。

郷田から目をそらし、直之進は自問した。

――うむ、きき漏らしたことはあるまい。大丈夫だ。

「これから、仁尾加屋に向かわれるのでござるか」

直之進の辞去の気配を察したか、郷田がきいてきた。直之進は首を縦に動かした。

「さようです。いろいろとお話しくださり、まことにかたじけのうござった」

「それがしは、湯瀬どののお役に立てればよいのでござる。樺山どのという町方の同心が無事に戻られることを、それがし、心より祈っておりもうす」

郷田は心中の思いを嘘偽りなく吐露しているように見えた。直之進も心を込めて返礼した。

「まことにありがたきお言葉です」

直之進の斜め後ろで、珠吉も深々と頭を下げている。

——なんとしても富士太郎さんを捜し出す。

その思いを強くした直之進は珠吉とともに川白屋敷を辞し、仁尾加屋に向かった。

郷田の説明によれば、仁尾加屋は川白屋敷から五町ばかり離れた元飯田町《もといいだちょう》にある。足早に歩いた直之進は、迷うことなく仁尾加屋を見つけた。

暖簾を払って障子戸を横に滑らせ、土間に足を踏み入れた。後ろに珠吉が続く。

「いらっしゃいませ」

土間から一段上がったところに畳敷きの間があり、そこに座っていた男が立ち上がった。帳場格子《ちょうばごうし》をどけて正座する。直之進と珠吉をやや暗い感じのする目で見つめてきた。どこか値踏みするような眼差しである。

「おぬしは、この店のあるじか」

半間ばかりの距離を置いて、直之進は男にただした。

「さようにございます。手前は孟右衛門《たけえもん》と申します。どうか、お見知り置きを」

孟右衛門と名乗ったあるじは、丁寧に頭を下げた。暗かった目の色も少し明るくなった。

「俺は湯瀬という。こちらは珠吉だ。――あるじ、俺たちは職を求めに来たわけではないのだ」

「さようにございますか」

背筋を伸ばし、孟右衛門が関心を抱いたような顔つきになった。

「では湯瀬さまと珠吉さんは、どのようなご用件でいらしたのでございましょう」

「船二という男のことで話を聞きたい」

「船二さんでございますか」

眉根を寄せて孟右衛門がいった。その表情から、船二のことをよく覚えているのではないか、という期待を直之進は持った。

「船二さんのどのようなことをお話ししたら、よろしいのでございましょう」

それでも、孟右衛門はわずかに警戒の思いを面に出している。

「俺たちは、船二がこの店の仲介で川白家に駕籠かきとして奉公したと聞いた。去年の今頃、船二は川白屋敷での奉公を終えている。まちがいないか」

ええ、と孟右衛門が声を発した。

「まちがいございません。船二さんは半季奉公で川白さまのお屋敷に住み込みましたね。半季といえば三月と九月が区切りになりますが、今はその区切りをなくしているところがほとんどといってよろしいでしょうね」

「うむ、どうもそうらしいな」

直之進は相槌《あいづち》を打った。

「三月と九月だけですと、その時期を外したら、働き口を求める人は半季奉公ができなくなってしまいますし、急に働き手がほしくなった場合、応じられる者がいなくなってしまいます」

「なるほど、そういうことか」

ごほごほ、と手を口に当てて孟右衛門がいきなり咳き込んだ。

「……す、すみません」

孟右衛門が赤い顔を上げた。

「大丈夫か」

気遣って直之進はきいた。

「はい、大丈夫でございます。――それで、なぜ湯瀬さまと珠吉さんは、船二さんのことをお知りになりたいのでございますか」

その理由を、直之進は隠し立てすることなく告げた。

「ええっ」

驚愕の声を上げ、孟右衛門が大袈裟でなく卒倒《そっとう》しそうになった。

「船二さんが、町方同心のかどわかしに関係しているかもしれないのでございますか」

なんとか姿勢を立て直したものの、孟右衛門は愕然《がくぜん》とし、顔色をなくしている。自分が世話して川白家に仕えさせた者が町方同心かどわかしの片棒を担ぐなど、口入屋の信用にも関わってくるから、この顔つきも当然のことだろう。

「いや、船二が関係しているかは、まだ推測に過ぎぬ」

孟右衛門の受けた衝撃を少しでも和らげるために、直之進はいった。

「しかし、驚きましたな」

吐息とともに孟右衛門が首を何度も振った。それはそうだろうな、と直之進は思った。

「立ち話で失礼しました。どうぞお座りください」

直之進と珠吉は上がり框《かまち》に腰をおろした。

また咳込みそうになったか、失礼しますといって、やおら背後の小机の上に置いてある鉄瓶を手にした孟右衛門が、薄汚れた湯飲みに勢いよく中身を注ぐ。どうやら冷ました茶のようだ。

湯飲みをぐいっと傾け、孟右衛門が一気に干した。とん、と軽く音を立てて小机の上に置き、控えめな息を出した。

「ああ、これは失礼いたしました。湯瀬さま、珠吉さんもいかがですか。この時季、熱くないお茶もなかなかいいものですよ」

小机の横にお盆があり、その上に湯飲みがいくつか伏せてある。

「では、お言葉に甘えて、いただかせてもらってよろしいですかい」

ごくりと喉を鳴らして珠吉がいった。

「もちろんでございますよ。——珠吉さん、はい、どうぞ」

新たな湯飲みにたっぷりと茶を注ぎ、孟右衛門が珠吉に手渡す。ありがとうございやす、と受け取った珠吉は喉を鳴らして飲んだ。

「ああ、うまい」

珠吉は、生き返ったような顔になっている。珠吉のことを思いやらなかったおのれを、直之進は恥じた。おそらく富士太郎は、いつも珠吉のことを気にかけて立ち働いているのではあるまいか。

俺もそうあらねばならぬ、と直之進は心に誓った。おのれのことばかり考えず、他人のことを思いやる気持ちというのは、これ以上ない大事なものといってよい。

「ね、おいしいでしょう」

孟右衛門がうれしそうに珠吉に笑いかける。孟右衛門はもうひとつ湯飲みを返すと茶を注いだ。

「湯瀬さまもどうぞ」

「では、俺もいただこう」

「どうぞどうぞ」

おどけたようにいって、孟右衛門が湯飲みを差し出す。

茶がたっぷり入った湯飲みを傾け、直之進は喉に一気に流し込んだ。

「ふむ、こいつはすばらしい。口の中がさっぱりするな」

「そうでしょう。夏にはもってこいでございますよ」

にこにこと笑《え》んだが、孟右衛門がすぐに表情を引き締めた。

「しかし、いつまでも笑っている場合ではありませんね。船二さんのことでしたな」

うむ、と体をひねってうなずいた直之進は湯飲みを返し、身を乗り出した。

「仁尾加屋、おぬしは船二のことを詳しく知っているのか」

「さほど詳しいわけではありません」

少し残念そうに孟右衛門がいった。

「あれはいつでしたか、ある日の夕刻、船二さんはふらりとやってきて、実入りのよい職はないか、と手前にきいてきたのです。実入りはあまりいいとはいえませんが、と紹介したのが川白さまのお屋敷での駕籠かきだったのです」

「船二は一見《いちげん》の客だったか」

「さようでございますが、どなたでも初めは一見でございますからな。ところで働き口を求める人に奉公してもらうときは、口入屋が請人《うけにん》になります」

これは、奉公人に対するすべての責を口入屋が負うということを意味する。

「船二さんは悪さをするような人には見えませんでしたし、駕籠かきは何度もしたことがあるというお話でございましたので、手前は川白さまのお屋敷への奉公をお勧めしたのでございます」

「なるほど、そういうことか」

「川白さまにおかれましては、一年半ばかり前に駕籠かきがばたばたと病に倒れたそうでございまして」

「それで急に新たな駕籠かきが必要になったというわけか。――ところで仁尾加屋、おぬし、船二が今どこにいるか知らぬか」

「申し訳ありません、存じません」

そうか、と直之進はいった。

「今の話でなくともよい。かつての船二について、おぬしの知っている限りのことを教えてくれぬか」

「そういうことでしたら、いくつかお話しできることはございますよ」

安心したようにうなずいた孟右衛門が、ごほん、と喉を鳴らした。

「失礼いたしました。――一年前、川白さまのお屋敷での奉公を終えた船二さんが、うちに見えました。新たな奉公先を探すためでございます。そのとき、船二さんは須賀蔵さんという人と一緒でした」

「なにっ」

我知らず直之進の口から声が出、腰が上がりかけていた。須賀蔵のことを仁尾加屋にきかなければならぬ、と考えてはいたが、まさかここでその名が出てくるとは思ってもいなかった。

直之進は大きく目を見開いた。珠吉もわずかに腰を浮かせたようだ。

直之進たちの様子を見て、少なからず驚いたらしく孟右衛門が目を丸くした。

「ちょっと失礼しますよ」

頭を下げた孟右衛門が、手際よく煙草《たばこ》を吸いつけた。灰色の煙が店内をゆっくり流れはじめる。

満足したように煙管《きせる》から口を離し、孟右衛門が雁首《がんくび》を火の気のない火鉢に打ちつけた。煙草の灰が火鉢にぽとりと落ちる。

孟右衛門が煙管を吸いつけて間を置いたおかげで、直之進の頭から血の気が引いた。冷静に孟右衛門の話を聞こうという気になった。

「失礼しました」

頭を下げて孟右衛門が直之進に向き直る。

「——船二さんたちは、二人で駕籠かきをしたいのだが、川白さまよりももっと実入りのよいところはないか、といっておりました。そのとき、ちょうどお望みの働き口がございました」

「おぬしはそこを紹介したのだな。武家か」

「武家ではございません。手前が船二さんたちに紹介したのは、泰鉄《たいてつ》先生というお医者でございます。泰鉄先生自身、足がお悪いものですから、駕籠を常に使って往診されているのでございますよ」

「泰鉄先生というのは町医者だな」

「神田三河町《かんだみかわちょう》で診療所を開いていらっしゃるのですが、腕のよさで評判のお医者でございますよ。権門駕籠のようなものではなく、町駕籠に近いものを使っていらっしゃいます」

「仁尾加屋どの、泰鉄先生のところに、船二と須賀蔵を紹介したのは半年前のことだな」

念を押すように直之進は確かめた。

「さようでございます」

孟右衛門が首肯する。

「今も二人は泰鉄先生のもとにいるのか」

「それが先日、やめてしまったようでございます。そのことは、泰鉄先生から教えていただきました」

「船二から、おぬしにやめたというつなぎはなかったということだな」

「さようでございます。ですので、泰鉄先生のところには、新たな駕籠かきを大急ぎで紹介いたしました」

護国寺の近くで富士太郎に声をかけてきた頭巾の侍に、須賀蔵と船二はこたびの悪事に加わるように誘われたから、泰鉄のところをやめたのではないか。

おそらく頭巾の侍に大金でつられ、後先を考えずに加わったのではないだろうか。悪事が露見したあとのことなど、まったく思い描いていないにちがいない。

「泰鉄先生のところを、二人がやめたのはいつのことだ」

「つい半月前のことでございます」

なんと、と直之進は思った。ほんの半月前まで、須賀蔵はその泰鉄という医者のところにいたのだ。

ここまで間近の消息をつかんだのは初めてのことだ。大きな手がかりといってよい。

直之進は拳を強く握り締めた。それでも、冷静な口調を心がけて孟右衛門に問う。

「泰鉄先生は、船二の消息を知っているだろうか」

孟右衛門が首をかしげる。

「さあ、いかがでございましょう」

確かに孟右衛門の知りようのないことだ。ここは、と直之進はすぐさま判断した。泰鉄先生にじかに話を聞くのがよいだろう。

孟右衛門に泰鉄の診療所の場所をきくやいなや、直之進は珠吉を連れて向かった。

昼を過ぎて診療所はちょうど暇になったらしく、泰鉄は、訪れた直之進と珠吉を笑顔で迎え入れてくれた。

坊主のようにつるつるに髪を剃っているが、一目で額の広さがわかる頭をしている。顔が小づくりで、目がぱちくりとし、おちょぼ口である。まるで女のような顔つきをしており、優しさをふんわりと漂わせている医者だ。歳は、五十にはまだ届いていないのではあるまいか。

若い助手が出した茶を喫しつつ、直之進はさっそく須賀蔵と船二について泰鉄にたずねた。

「もちろん、あの二人のことはよく覚えておるよ」

断じるようにいって、泰鉄が顎を上下に動かした。

「同じ駕籠の先棒《さきぼう》と後棒《あとぼう》をつとめていたこともあるのか、兄弟のように仲がよかったの。体格もよく、二人そろって力があった。船二と須賀蔵は、どうも幼なじみだったらしいの」

「幼なじみ……」

そのようなことは、直之進は考えもしなかった。

「二人は同じ町で生まれ育ったということですね。その町がどこか、いっておりましたか」

「うむ。船二によれば、小石川春日町ということだった」

今から行くか。気持ちは逸《はや》ったが、直之進はすぐさま冷静さを取り戻した。

——ここで泰鉄先生から引き出せるものはすべて引き出しておかねばならぬ。

「先生は、ここをやめたあとの二人の消息をご存じですか」

ここで初めて泰鉄が不思議そうな顔をした。

「湯瀬さんといわれたが、なぜ二人のことをきかれるのですかな」

これまで何度も口にしてきた話を、直之進はここでもまた語った。

「なんと——」

心の底から驚いたようで、泰鉄は言葉を失っている。広い額に赤みが差し、そこだけが浮き上がったように紅潮している。

「まことにあの二人がそのようなことをしでかしたのかの」

「船二のほうはわかりませぬが、須賀蔵はまずまちがいないものと」

「そうなのか。須賀蔵がのう……」

つぶやくようにいって泰鉄が直之進に目を向けてきた。

「二人の消息とのことだが、わしはまるで知らんのだ。うちをやめたあと、どこへ行くのかと、わしも一応はきいたのだが、そのことについて返事はなかったの」

泰鉄の言に、直之進はうなずいた。

「先生、二人はなにゆえこちらでの仕事をやめたのか、それについてなにかいっていましたか」

「それもきいたが、いわなかったのう。もっといいところから誘われたのだろう、とは思ったがの」

「こちらをやめる直前、須賀蔵と船二の二人に近づいてきた者はおりませんでしたか。たとえば侍ですが」

「はて、あの二人に近づいてきた者などおったかの。わしはさっぱり気づかなんだな。二人は、うちの敷地に建てた長屋に住んでおった。昼間は、わしがいつ往診に出るかわからんから必ずいるように申しつけてあっての」

「夜は気ままに過ごしてよかったのですか」

「夜も他出は控えるように、とはいってあったの。もっとも、ときおり急患があって往診に出ることはあったが、さほど頻繁ではなかった。もし夜間、あの二人のもとに人が訪ねてきても、わしも助手も母屋で寝ておったから、なにもわからんよ」

となると、夜、須賀蔵たちの長屋に頭巾の侍が訪ねてきたとしても、誰も気づくまい。

それにしても、と直之進は思った。頭巾の侍と須賀蔵たちは、どこで知り合ったのか。その疑問は残るが、それも二人の生地《せいち》に行けば判明するかもしれない。

「須賀蔵と船二は幼なじみとのことでしたが、二人の実家について、先生はなにかご存じですか」

闇雲に小石川春日町を訪れたとしても、そこはなんとか船二の実家を探し出せるだろうが、やはりときが惜しい。そんな手間は、省けるものなら省いたほうがいい。

「須賀蔵の実家のことは知らんが、船二の実家が商家であることは知っておるよ」

「商家。まことですか」

「わしは、嘘などいわんよ」

泰鉄はにこにこと笑った。

「船二の実家は高穂屋《たかほや》といって、反物卸《たんものおろ》しを商売にしておるよ」

そこに、ちょうど患者がやってきた。体が重くて仕方がないといったばあさんである。

「おう、おとせさん、来たか」

助手とともにあわただしく診察の支度をはじめた泰鉄に深く礼をいって診療所を辞した直之進と珠吉は、船二の実家のある小石川春日町に急いで向かった。

二

耐えがたい。

我慢しがたい。

もういやだ、と叫びたい。

びしっ、と音が立つたび、全身に痛みが走り抜け、ぶるると震えがくるのだ。

歯を食いしばり、目をつぶり、肩に力を込めることで、富士太郎はかろうじて痛みに耐えている。

「しぶとい野郎だ」

竹の棒を須賀蔵に預け、手ぬぐいで顔の汗を拭いて伊太夫が口をゆがめた。

「樺山、吐いてしまえば、楽になれるのだぞ」

梁からつり下げられ、土間に足が着かない姿勢のまま、富士太郎は伊太夫を見つめた。伊太夫の背後でろうそくが炎を揺らしている。そのせいなのか、伊太夫の顔が、ぼうっと霞んで見えている。

そうではないね、と富士太郎は覚った。ろうそくのせいではなく、竹の棒で打たれすぎて、目がおかしくなっているんだよ。このまま目が妙なことになっちまったらどうしよう。

だが、今は目の心配などしている場合ではない。下手したら、殺されるかもしれない。固く縛られた両腕のことも正直、案じられてならない。しびれを感じなくなって久しいのだ。腕がこのまま利かなくなってしまうなんてことはないのだろうか。

でも、おいらは負けないよ。必ず生きて帰ってやるんだからね。

「知らないものを吐けっていわれても、どうすることもできないんだよっ」

体の力を振りしぼり、富士太郎は伊太夫を怒鳴りつけた。

「いや、知らぬはずがない」

表情一つ変えずに伊太夫が再び竹の棒を手にし、足音も立てずに近づいてきた。ぱし、ぱし、と自分の手のひらに竹の棒を軽く打ちつけている。

「樺山富士太郎、吐くまで何度でもきくぞ。きさまは、父親の一太郎から一通の帳面を譲られたはずだ」

半刻ばかり前から、伊太夫が一太郎の帳面のことをいいはじめたのだ。伊太夫が自分をかどわかした理由が、どうやらこの帳面にあることを富士太郎は解したが、一太郎からそんなものを譲られた覚えは一切ない。

「そんな帳面なんか見たこともないよ」

伊太夫をにらみつけて、富士太郎はこれまでと同じ答えを返した。

「いや、もらっているはずだ」

伊太夫は一歩も譲ろうとしない。

「もらってなんかいないよ」

「そんなことはない」

堂々巡りだ。

「よく考えろ」

富士太郎の顔をじっと見て、伊太夫がいい聞かせるようにいった。

歯噛みしつつも、富士太郎は目を閉じた。伊太夫のいいなりになるのはおもしろくなかったが、覚えがない、の一点張りでは、なんの進展もない。仕方なく、富士太郎は頭を巡らせはじめた。

父の一太郎が亡くなったとき、形見として譲られたものはいくつかある。刃引《はび》きの長脇差に太刀、脇差、文机《ふづくえ》、簞笥《たんす》、着物などである。

しかし、思い浮かぶのはこのくらいでしかない。帳面など、本当に目にしたことがないのだ。田津も、一太郎の帳面のことを口にしたことはない。

やっぱりそんな帳面はもらってなどいないよ、と富士太郎は思った。かたわらに立つ伊太夫に顔を向ける。

「その帳面には、いったいなにが記されているんだい」

伊太夫にきかれたときから疑問に感じていたことを、富士太郎はたずねた。

「知りたいか」

思わせぶりな顔で伊太夫がいう。

「そりゃそうだよ」

「ききまはすでに知っているはずだが、中身をいってやれば、思い出す一助になるかもしれぬな」

竹の棒で手のひらを叩いて、納得したように伊太夫がうなずいた。

「樺山――」

冷徹さを感じさせる口調で伊太夫が呼びかけてきた。

「今から十一年前、おまえの父親である樺山一太郎は、町方の一員として北国米汚職の一件を調べていた」

それは紛れもない事実だ。能面のような顔で伊太夫が続ける。

「町方は江戸有数の米問屋である瀬板屋を初め、小田塚屋、横川屋、相州屋という四軒の米問屋の調べを受け持った。その中心にいたのが樺山一太郎だ」

「そいつもおいらは認めるよ。それで」

じろりと伊太夫をねめつけて、富士太郎は先をうながした。

「北国米汚職の一件には、多くの武家も関わっていた。汚職の舵取《かじと》りをしたのは、勘定奉行だった上畑大膳だ」

「そいつはおまえさんから聞いたよ。それで」

いきなり、ばしっ、と竹の棒で打たれ、富士太郎の全身を、鋭い痛みが走り抜けた。うぅぅ、とうめき声を発してなんとかこらえる。こういうときは黙って耐えようとするよりも、口に出してうめいたほうが苦痛をやりすごせるということを、富士太郎は初めて知った。

「町方風情が生意気な口を利くな。問いを発するなといったはずだぞ」

顔を富士太郎に近づけて、伊太夫が指図するようにいった。

「うるさい。おまえなんかにおいらは負けないよ。何度でも同じ口を利いてやるからね」

憤然としていう富士太郎の様子を見やって、伊太夫がにやりと笑う。

「ずいぶん威勢がいいな。樺山富士太郎という男を、俺は見直したぞ」

「おまえなんかに見直されても、うれしくもなんともないね。おいらのことなんかどうでもいいから、早く話を進めな」

ふふん、と鼻を鳴らして伊太夫が竹の棒を肩にのせた。

「北国米汚職に関わった上畑大膳やその他大勢の武家の調べを担当したのは、四人の目付だ。知っているか」

「名をきいているのかい。おいらが知るわけがないよ」

「そこまでは、一太郎は教えてくれなかったのか」

「父上を呼び捨てにするんじゃないよ。少しは敬意を払ったらどうなんだい」

「きさまの父親も町方風情だった。呼び捨てにしてなにが悪い」

——この男は役目でよく番所に来ていたけれど、そのときもおいらたちを見下すような目で見ていたんだね。

徒目付は非違や懈怠《けたい》がないか、町奉行所で働く者たちの監視に来ているものとだけ思っていたが、少なくとも伊太夫は町方役人を侮り、馬鹿にしていたのだ。

怒りで胸がむかむかしたが、富士太郎は腹に力を込めてぐっとこらえた。

「その四人の目付がどうかしたのかい」

「本題に戻ったか」

伊太夫はまたも竹の棒を手のひらで、ぱしん、ぱしん、と鳴らしはじめた。

「武家の調べに当たった四人の目付は、安芸島《あきしま》伊豆守《いずのかみ》、青山外記《あおやまげき》、橋本甲斐守《はしもとかいのかみ》、木内主膳《きうちしゅぜん》だ。このうち橋本と木内の二人はすでにあの世に行っている」

「まさかおまえが殺したんじゃないだろうね」

むっ、と伊太夫が目をとがらせた。

「たわけたことをいうな。二人とも病だ」

「ふーん、そうなのかい。あとの二人はどうしているんだい」

今も現役の目付であることは役目柄よく知っているが、富士太郎はあえてきいた。こういうときは、相手になんでもしゃべらせたほうがいいのだ。どこに手がかりが転がっているか、わかったものではない。

「つまらぬことをきくな。きさまもよく知っているはずだ。安芸島伊豆守と青山外記の二人は、今も目付の職にある」

「へえ、そうだったかね。それにしても、その二人はずいぶん長いこと、目付をやっているんだね」

「まあ、そういうことになるな。二人とも、すでに十二年以上、目付の職にある」

ずいと近づき、伊太夫が富士太郎の目の前に立った。

「よいか、一太郎の帳面には、北国米汚職事件の真実が記されているはずだ」

「なんだってっ」

我知らず富士太郎の口から悲鳴のような声が漏れ出た。

「真実って、いったいなんのことだい」

「真実は真実だ」

富士太郎をにらみつけ、伊太夫が断ずるようにいった。

「一太郎は、北国米汚職に関する正式な留書《とめがき》を町奉行に提出した。しかしながら、その留書に、すべての真実が書かれていたわけではないのだ」

「そんなはずはないよ」

富士太郎は叫ぶようにいった。

「父上がそんな手抜きなどするものか」

「せがれとして認めたくない気持ちはわからぬでもないが、一太郎はしたのだ」

強い口調で伊太夫がいった。

「おそらく、そうするように上の者から命じられたのだろう。四人の目付が提出した正式な留書も同様だ。すべてが記されたわけではなかった。それがために、最も重い罪に問われるはずの勘定奉行上畑大膳が死なずにすんだのだ。大膳は、一千石の減知の上、千代田城の天守番という閑職に追いやられただけですんだ」

「ひと月半ばかり前に、上畑大膳という人は病で死んだといったね。なにゆえ死んだ人のことをきくんだい」

それには答えずに、伊太夫が帳面の話を続ける。

「北国米汚職に関する真実を知った一太郎は良心の呵責《かしゃく》に耐えきれず、一件に関するすべてのいきさつを記した帳面を残したのだ。俺は、なんとしてもそれを手に入れなければならぬ」

　言い終わるや、ひゅんと音をさせて、伊太夫が竹の棒を振り下ろした。はなから富士太郎を叩くつもりはないようで、竹の棒は空を切った。

　だが、竹の棒の動きの鋭さは、富士太郎をぞっとさせるに十分すぎるほどだった。なにしろ、伊太夫は名の知れた剣の遣い手なのだ。

「おまえさんに一つききたいことがあるんだけど、いいかい」

　ごくりと唾を飲んで富士太郎は申し出た。

「なんだ」

　伊太夫が険しい目を向けてきた。

「おまえさん、おいらも知らない帳面のことをどうして知っているんだい」

「人から聞いた」

「人というと誰だい」

「それはまだいえぬ」

「まだ、ということは、いずれ教えてくれるということかい」

「そうなるかもしれぬ」

「ふーん、そうなのか」

富士太郎としては、それが誰か知りたくてならない。

「誰から教えてもらったか、いってくれたら、帳面のことを思い出すかもしれないよ」

その言葉を聞いて、伊太夫がまたも竹の棒を頭上にかざした。その目は、今すぐにでもおまえの体を打ち据えることができるのだぞ、と語っていた。

「帳面のことを思い出せ。きさまは一太郎から譲られているはずだ」

そんなことをいわれても、と歯を食いしばって富士太郎は思った。自分には、そんな覚えは一切ないのだ。知らないものを思い出せといわれても、どうすることもできない。

嘘をいってしまおうか、と富士太郎は思った。今のところ、そのくらいしか、手が思い浮かばない。

――嘘をいうにしろ、すぐにばれてしまうような嘘は駄目だよ。

富士太郎は、嘘はつき慣れていない。

ばれないようにするのには、いったいなんといえばいいのだろう。

「ほう、必死に考えているようだな」

富士太郎の様子を見た伊太夫が勘ちがいしたのか、うなずいて笑った。

「いいことだ。今からちょっと出てくる。樺山、それまでにしっかりと思い出しておくことだ。わかったな」

土間を突っ切った伊太夫が戸を開ける。

外は明るく、光の波がどっと入り込んできた。まぶしくて見ていられない。

今が何刻くらいなのか、富士太郎にはさっぱりわからない。かどわかされてから、いったいどれほどのときがたったのか。

伊太夫と入れちがうように、四人の荒くれ男が姿をあらわした。

どのくらい富士太郎が弱ったものか、確かめでもするように須賀蔵が敷居際に立ってじっと見ている。

――おいらは決して負けないよ。負けるもんかい。必ず智ちゃんと母上のもとに帰るんだからね。

しかし、伊太夫に竹の棒で打たれないとわかった途端、ひどく眠くなってきた。伊太夫がそばにいれば、まだ眠気が紛れるが、いなくなると、気を張っていられなくなる。

固く縛られた両腕が富士太郎の全体重を支えている。梁の自在鉤につり下げられ、足が土間についていなくても、いま目を閉じたら、あっという間に眠り込んでしまうだろう。

だが、眠ることは須賀蔵たちが許してくれない。少しでもうつらうつらした次の瞬間、顔や肩を思い切り叩《はた》かれるのだ。

──殴られるよりも、眠気をこらえるほうがまだましだね。痛いのはいやだよ。

落ちそうになるまぶたを気力でこじ開けて、富士太郎は眠気に打ち勝とうと必死の努力をはじめた。

三

四半刻ほどで佐之助は小石川春日町にやってきた。

寛英堂という診療所に足を運ぶ。寛英堂のすぐ近くに、岩片《いわかた》一刀流という看板を掲げた剣術道場があった。

佐之助の初めて聞く流派だが、なかなか繁盛している様子だ。

近所で話をきいたところ、寛英堂のあるじは、丈佑《じょうゆう》といって、患者の家に泊まり込んで治療に当たるなど、ずいぶん熱心な医者らしい。

うめき声が聞こえる。

なんだ、と佐之助は顔を上げた。

寛英堂と記された看板に湿り気を帯びた風が当たり、かたかたと鳴っているが、その音にうめき声がかき消されるようなことはない。

閉めきられた戸口に立った佐之助は、中の様子をうかがった。痛い、痛い、と叫ぶような声が耳に届く。

怪我人が担ぎ込まれているようだ。もしかすると、近所の岩片道場で怪我をした者ではないだろうか。

手当が巧みなのか、しばらくすると、痛みがだいぶ落ち着いてきたらしく、うめき声は小さなものに変わった。

よく効く薬でも飲ませたのか、怪我人は眠ったかのように静かになった。声はもはや聞こえてこない。

――これなら邪魔しても大丈夫か。

「ごめん」

大して力を入れずとも、戸がするりと横に動いた。

患者たちのために、たやすく戸が開くようにしてあるのだろう。丈佑の心遣いか。それとも、先代がこういう造りにしたのを、今もしっかり受け継いでいるのか。

いずれにしろ、と佐之助は思った。近隣の評判通り、親切な診療所であるのはまちがいない。

こんな気遣いのできる丈佑と同じ血を引いているはずの須賀蔵も、実はそんなに悪い男ではないのではないか。佐之助はそんな思いをちらりと抱いた。

道を踏み外すというが、須賀蔵は身の置きどころを誤っただけかもしれない。あるいは、誰かたちの悪い者に誘い込まれたか。もっとも、誘い込まれたにしても、強い気持ちを持っていれば、道を踏み誤ることはないのだ。

人のことはいえぬが、と佐之助は自嘲して思った。自分は、なにしろ殺しを生業にしていたこともあったのだ。

薬湯のにおいが漂う待合部屋には、血走った目をした四人の男がそわそわした感じで座り込んでいた。その目で、入ってきた佐之助をじろりとにらみつける。

後ろ手に戸を閉めた佐之助が静かに見返すと、四人の男はあわてたように目をそらした。

岩片道場の門人たちだな、と佐之助は察しをつけた。所作や物腰からして侍ではなく、四人とも町人のようだ。

三和土《たたき》で雪駄を脱ぎ、佐之助は式台に足をのせた。壁に戸板が横にして立てかけられている。怪我人は、これに乗せられて運ばれてきたようだ。

失礼する、といって佐之助は待合部屋に上がった。うかがうような目をして、四人の男が佐之助のために場を空ける。

軽く会釈した佐之助は刀を腰から外して畳に置き、端座した。

正面に、薄絹のようにうっすらと雲がかかる富士山が水墨で描かれた襖がある。その先が、診療部屋になっているようだ。そこから低い話し声が漏れ流れてくる。

つと話し声が途切れ、襖の向こう側に人の気配が立った。佐之助が顔を向けると、襖が静かに開き、縫腋《ほうえき》を着た坊主頭の男が姿を見せた。襖が開いたことで、薬湯の甘いにおいが一気に濃さを増した。

この男が丈佑という医者か、と佐之助は、腕のよさが仕草や態度からにじみ出ている男をしみじみと見た。

人足なら楽につとまりそうなほど体は大きく、顔もがっしりと顎が張っている。これだけ見ると須賀蔵に似ているが、人相書に描かれた弟とは明らかに異なり、優しい眼差しをしている。

丈佑という医者は、と佐之助はじっくりと顔貌を見て思った。患者たちの深い信頼を得ているのではあるまいか。

「手当は終わりました」

丈佑が道場の門人たちに穏やかに告げた。それを聞いて、四人が一斉に腰を上げる。

「麻兵衛《あさべえ》は大丈夫ですか」

背の高い男が顔を突き出すようにして丈佑にきいた。

「大丈夫です。骨は折れておりませんので。左腕にひびは入りましたが、今のまま、板でしっかり固定しておけば、二月《ふたつき》ばかりで治りましょう」

笑みを浮かべ、余裕を感じさせる口調で丈佑が説明する。丈佑の背後に布団が敷いてあり、一人の男が横たわっていた。青い顔をしているが、あれでもかなり血色は戻ったのではあるまいか。弱々しい笑みを浮かべて、仲間たちを見ていた。

「そいつはよかった」

「ああ、ほっとした」

「ひびだけですむなんて、運がいい」

麻兵衛を見やって、岩片道場の門人が口々に喜び合う。

「では、麻兵衛はもう連れ帰ってもよろしいのですか」

人のよさそうな丸顔の男が丈佑にたずねる。

「もちろんですよ。連れて帰ってあげてください。ただし、ここしばらくは家で静養するように」

「どのくらい静養していればよいのですか」

布団に横になっていた麻兵衛という男が起き上がって丈佑にきいた。晒《さらし》でつった左腕が痛々しい。

「そうですね、最低でも半月はおとなしくしていてください」

「そんなにですか。仕事はまずいでしょうか」

「麻兵衛さんは納豆売りが生業でしたね。稼がなければ暮らしに困るというのなら、右手のみで行商してください。せめて半月は左腕を休めておかないと、治りません」

「二月たったら、稽古をはじめてもかまわないのですか」

「十日おきでけっこうですから、手前のところに来て、左腕を診せてください。

人によっては、治りが他の人よりずっと早い方もいらっしゃいますからね」

「あっしは治りが早いと思いますよ」

麻兵衛がけっこう元気な声を上げた。

「そうだったらいいですね」

「なんにしても、一刻も早く治さねえと。あっしは、売上の金を二度と奪われないために剣術の稽古に励んでいるんですからね。こんなときに、また襲われたら、たまらねえ」

言葉を途切れさせ、麻兵衛が鬱々たる顔つきになった。

「そんなことが起きないように、手前も祈っておりますよ。——では皆さん、麻兵衛さんを連れ帰ってあげてください」

丈佑にいわれ、四人の男がぞろぞろと診療部屋に入った。大丈夫か、と顔をのぞき込んで麻兵衛を立ち上がらせる。

「ありがとよ、大丈夫だ」

「ひびだけですんで、本当によかったな」

丸顔の男が麻兵衛を慰めるようにいった。

「しかし、本当に痛かったよ。死ぬかと思った」

「すごい騒ぎっぷりだったものな。でも、よくわかるよ。俺も腕の骨を折ったときは、あまりの痛さで体が震えた」

「先生のおかげで、今は痛みは消えてる。助かったよ」

うれしそうにいって、麻兵衛が丈佑の前に立った。

「先生、ありがとうございました。お代はあとで支払いに来ます。それでよろしいですか」

「構いませんよ」

「ありがとうございます」

感謝の思いを面にあらわして、麻兵衛が丈佑に深くこうべを垂れた。

麻兵衛は戸板に乗ることなく、丸顔の男に体を支えられながら寛英堂を歩いて出ていった。戸板は、長身の男が持った。

診療所の戸が閉まると、五人の男が視野から消えた。鼻先を漂う薬湯のにおいが、再び強まったのを佐之助は感じた。

どうやら岩片道場の門人たちを診ることが多いようだが、丈佑という医者は本道よりも外科を得手《えて》にしているのではあるまいか。

「あなたさまは」

一人、待合部屋に居残った佐之助に目を止め、丈佑がきいてきた。

「俺は倉田という」

佐之助の名乗りを聞いて、丈佑がわずかに怪訝な表情をみせた。

「どこかお悪いところがあるとは見えませんが」

佐之助は単刀直入に切り出した。

「おぬしの弟についてききたいことがある」

「弟のことでお話を、ですか」

「その通りだ」

うなずいて丈佑が佐之助の前に座った。よく光る目で佐之助を見つめてきたが、瞳に不安げな光が宿されていた。

「おぬし、最近、須賀蔵に会ったか」

「いえ、もう一年以上も会っておりません」

丈佑は困惑の色を浮かべている。

「あの、倉田さま、どういうわけで弟のことをお知りになりたいとおっしゃるのですか」

うむ、と佐之助は顎を引いた。

「おぬしには辛い話をすることになるが、聞いてくれるか」

眉間にしわを寄せて難しい顔をしたが、覚悟を決めたように、わかりました、といって丈佑が話を聞く姿勢を取った。

その様子をじっと見て、佐之助は深くうなずいた。それから、どういうことがあって自分がこの一件に関わることになったか、淡々とした口調で丈佑に語った。

「な、なんと」

話し終えた佐之助を凝視したまま、丈佑は言葉をなくしている。体がかたまってしまっているのか、ぴくりとも身動きしない。

「う、嘘ではありませんか」

ようやく、丈佑が喉の奥から声をしぼり出した。

「まことのことだ」

丈佑に真剣な眼差しを当てて、佐之助は顎を引いてみせた。

「町方同心をかどわかすなど、いくらなんでも、という気がします。とても信じることはできません。しかし、倉田さまがおっしゃったことは、きっとまことのことなのでしょう。……弟はいったいなんということをしでかしてくれたのか」

絶望したように、丈佑が天井を向いて慨嘆する。

「まったく取り返しがつかない……」

その通りだ、と思ったが、佐之助は口に出さなかった。

顔を戻した丈佑が佐之助に目を当て、何度か小さく首を振った。

「しかし、弟ももういい大人です。自分のしたことは、自分で責任を負わなければなりません。自分で選んだ道を須賀蔵は進んでいったのだから」

最後は、おのれにいい聞かせるかのように丈佑がいった。

「倉田さま、どうして弟は、町方同心のかどわかしというような悪事をはたらいてしまったのでしょう」

すがるような面差しで丈佑がきいてきた。

「まだ理由は、はっきりせぬ。金ではないか、となんとなく思っている。須賀蔵は先のことはろくに考えず、誘われるままに悪事に加わったとしか俺には思えぬ」

「そうですか、金ですか……」

うなだれ、丈佑が畳に目を落とす。

「弟は幼い頃から目先の金に弱かった。駄賃さえもらえれば、なんでも人のいいなりのところがありました。人がいいところもあり、あるいはそのあたりをつけ込まれたのかもしれません。――倉田さま、いったい誰が、弟をそんな大それたことに引き込んだのでしょう」

「それをいま俺は調べようとしている」

「ああ、そういうことなのですね」

合点がいったように丈佑が首肯した。佐之助は間を置くことなく続けた。

「頭巾をした武家が町方同心を気絶させ、須賀蔵たちの担ぐ権門駕籠に押し込んだのだ」

はい、と丈佑が暗い顔で首を縦に動かした。顔がくしゃくしゃになりそうになるのを、必死にこらえたのが、佐之助にはわかった。

「先ほどおぬしが手当した麻兵衛とかいう男は、岩片道場の者だな」

「はい、そうです。岩片道場の門人です。付き添いで来ていた者も同じです」

「あの門人たちは、いずれも町人のようだったな」

「さようです。岩片道場は、門人のほとんどが町人という、少し珍しい道場ですから」

「武家はおらぬのか」

「いないことはないのですが、ほんの数人といったところだと思います」

剣術を習う町人が増えたといっても、まだまだ武家が多くを占める道場が多いだろうに、町人がほとんどという道場をわざわざ選ぶというのは、どういう気持ちからなのだろう。

町人相手なら、稽古をしていても敵なしで、自尊心を満足させられるという思いからか。だが、それはもはや過ちとしかいいようがない。時代がちがうのだ。町人でも強い者は強い。剣の腕に出自は関係ない。素質があっても精進《しょうじん》せぬ者はいずれ、一途に努力する者に抜き去られる。それは、決まり切ったことなのだ。

「あの道場は、竹刀は用いないのです。使っているのは木刀です。防具は着けるのですが、ひどく荒っぽい稽古で、怪我人が絶えません。お武家の倉田さまに申し上げるのはどうかと思いますが、そのせいでお武家の門人がほとんどいないのです」

なるほどそういうことか、と佐之助は納得した。それだけ今の侍には惰弱《だじゃく》な者が多いということだ。町人のほうが、よほど腹が据わっているのである。上達したいという気持ちも、侍よりずっと強いのだろう。

このままでは、武家が政《まつりごと》を執り行う時代は、遠からず終わりを告げるのではあるまいか。もし町人が治める世になったら、どういうふうになるのか。佐之助としては、むしろ楽しみといってよい。

「須賀蔵は人がよかった、と先ほどいったが、悪事に荷担するような兆しはなかったのか」

「ありました」

重苦しさを顔に出して丈佑が認めた。

「弟が道を踏み外したのは――」

いきなり顔を険しくして、丈佑がいまいましげにいった。だが、そこから言葉を忘れたかのように黙り込んだ。

「踏み外したのは――」

佐之助はうながした。はっ、としたように丈佑が続ける。

「岩片道場の門人だった者と親しくなったからです」

「親しくなった者がいるのか。それは誰だ」

「船二という男です」

わずかに嫌悪の色を浮かべた丈佑が呼び捨てにして答えた。

「船二が今どこにいるか手前は存じませんが、以前はうちと同じ町内に住んでおりました。高穂屋という反物卸しをしている商家のせがれですよ」

高穂屋という商家が船二の実家か、と佐之助は思った。

「船二という者は、岩片道場に剣術を習いに来ていたのだな。なにゆえ須賀蔵と親しくなったのだ」

「先ほどの麻兵衛さんと同じように、道場で怪我をしてこちらに運ばれてきたのです。船二が担ぎ込まれたときちょうど手前が他出中でして、大した怪我ではなかったこともあって、門前の小僧よろしく弟が船二の手当をしたのです」

「それで二人は親しくなったのか」

「まるで兄弟のように意気投合したようですね。船二という男は、もともと乱暴者で、博打が大好きでした。やくざ者ともつき合いがあったようです。誘われてついていってしまう弟も弟ですが、船二がいなかったら、おそらくこんなことにはなっていなかったのではないでしょうか」

無念な胸のうちを丈佑が吐露する。

「先生は、こたびの町方同心のかどわかしに、船二が絡んでいると思うか」

じっと丈佑を見て佐之助は問いを放った。

「絡んでいないわけがありません」

強い口調で丈佑がいいきった。

「船二がいればこそ、弟は逆らうことができずに、町方同心のかどわかしに関わったのだと思いますから」

「船二は須賀蔵より歳上か」

「二人は同い年ですよ。でも、弟はなんでも船二のいいなりでした」

高穂屋か、と佐之助は思った。よし、さっそく当たってみよう。その気になったものの、佐之助はすぐには立ち上がらなかった。まだ丈佑にきかなければならないことがある。

「岩片道場には少ないながらも武家の門人がいるといったが、その中で須賀蔵と親しくしていた者を知らぬか」

富士太郎をたばかって権門駕籠に乗せた頭巾の侍は、もしや岩片道場の門人ではないのか。佐之助はそんな考えをすでに抱いている。

きかれて丈佑は目を閉じ、しばらく考え込んでいた。そのさまは、船二に対する怒りを必死に抑え込んでいるように見えた。

やがてゆっくりと目を開け、丈佑が佐之助に目を向けてきた。

「一人おります」

「誰かな」

間髪《かんはつ》容れずに佐之助はたずねた。

「もともとは商人でした。今は御家人となった者です」

「なったということは、その者は御家人株を買ったということか」

「親御がですが」

「今もその者は御家人なのだな」

「さようです。御徒目付をされております」

徒目付だと、と佐之助は我知らず色めき立った。徒目付ならば、役人たちの働きぶりを監視するために町奉行所によく出入りしている。富士太郎と顔見知りでもおかしくない。役目柄、隠密仕事もこなしている。だから、頭巾姿の浪人のなりをしていても、決して妙ではない。

護国寺近くで頭巾の侍に声をかけられたとき、知り合いにもかかわらず富士太郎が名を呼ばなかったのも、頭巾の侍が隠密仕事の最中だと察したからではあるまいか。

「徒目付となった者の名はなんという」

できるだけ冷静な声音で佐之助はきいた。確実な手応えを得て気持ちは高ぶってきているが、それを面《おもて》に出してよいことなどない。

「山平伊太夫さんといいます。前は伊三郎《いさぶろう》さんといったような気がします」

山平伊太夫という名を、佐之助は脳裏に彫り込むようにした。

「山平伊太夫と須賀蔵は、どうやって知り合ったのだ」

「船二と同じですよ。もっとも、伊太夫さんの場合は、相手に怪我をさせたのです。怪我を負った相手がここに担ぎ込まれたとき、やはり手前は往診中で、弟が手当をしたのです」

山平伊太夫こそが富士太郎をかどわかした張本人なのか。

——そうかもしれぬ。

高穂屋という商家に行き、船二のことをさらに調べるか。それとも、山平伊太夫を当たったほうがよいか。

ここは伊太夫だろう、と佐之助は決意した。山平伊太夫が富士太郎のかどわかしに関わっているのは、もはや疑いようがないのではないか。

船二と須賀蔵は枝葉に過ぎぬ。ここは幹にぶつからねばならぬ。

「一つよいか」

人さし指を立て、佐之助は丈佑にたずねた。

「なんでございましょう」

「山平伊太夫もこの町内の者か」

「さようにございます。実家は弥丸屋《みまるや》といいます。高穂屋と同じで、反物卸しをしています」

「ほう、商売敵か」

「二つの商家は仲よくはありませんが、別にいがみ合っているという話も聞きません」

「弥丸屋の場所を教えてくれるか」

「行かれるのですね」

「そのつもりだ」

「わかりました」

案内を聞き終えた佐之助は、かたじけない、といって畳の刀を手にした。

あの、と立ち上がろうとする佐之助を押しとどめるように丈佑が手を上げた。

「とんでもない悪事をしでかして、弟はいったいどうなるのでしょう」

瀕死の患者のような顔で丈佑が問うてきた。

それか、と佐之助は思った。ここは俺の感じていることを正直に話したほうが、この町医者のためにもよいのではないか。そんな気がした。

「いくら頭巾の侍に誘われたといっても、町方同心のかどわかしに力を貸したとなれば、死罪はまちがいなかろう」

「死罪ですか」

一気に体から力が抜け、丈佑はしなびた蔬菜《そさい》のようになった。

「ただし、もしかすると——」

丈佑を元気づけたり、慰めたりするためだけでなく佐之助はいった。

「主要な役割を担ったわけでなければ酌量《しやくりよう》され、罪一等を減じられるかもしれぬ」

首謀者でなければ、罪が軽くなることは、実際によくあることだ。

「罪一等を減じられるということは、死罪ではなくなるということですね」

「そうだ。それでも遠島《えんとう》は免れまい」

「遠島……」

罪を得た須賀蔵が流されるとしたら、おそらく八丈島《はちじようじま》だろう。この世の地獄とまでいわれる場所である。

須賀蔵が八丈島に流されたら、まず生きては戻れまい。もし生還できるとしたら、丈佑がどの程度、八丈島の須賀蔵に援助できるかにかかっていよう。

「弟は……」

涙を浮かべて丈佑がつぶやいた。

「幼い頃から優しい心の持ち主でした。頭の巡りも悪くはなかった。ですので、医者になれる素質は十分にあったのです。手前がいないときに怪我人の手当をするなど、その片鱗は見せていたのです。しかし、船二に誘われるままに博打に手を出し、結局、自らその道を打ち捨ててしまった。そして、ついにこんなことになった。まったく、なんと馬鹿な真似をしたものか」

無念そうにうつむき、丈佑がはらはらと落涙した。畳にいくつものしみができていく。

悲しみが全身を覆っている様子を見て、佐之助にはかける言葉がなかった。

「では、俺は行く。須賀蔵のことでなにかわかったら、つなぎをくれるか。弟の密告をするようで気が進まぬかもしれぬが」

「いえ、そのようなことはありません」

真っ赤な目で佐之助を見た丈佑が、背筋を伸ばして断言する。

「弟には、罪をきっちりと償わせなければなりませんから」

「そうか」

それだけをいって、佐之助は立ち上がると、手にした刀を腰に差した。三和土《たたき》に向かって進む。雪駄を履き、戸を開ける。ちらりと振り返って待合部屋を見ると、肩を震わせてうつむいている丈佑の姿が目に飛び込んできた。

かわいそうに、と思ったが、佐之助にできることはなにもなかった。

樺山を救い出す。今はただ、そのことに全力を傾けなければならぬ。

四

神田三河町の泰鉄の診療所をあとにした直之進と珠吉は、あと二町ほどで船二の実家がある小石川春日町、というあたりまで来た。

逸る気持ちを抑えきれず、直之進はどうしても早足になる。できれば、駆け出したいくらいだ。

前を行く珠吉も直之進の気持ちを知ってか、足早に歩を進めている。毎日、江戸を歩き回っているだけあって珠吉の足は達者で、疲れなどまったく見せない。

直之進がどんなに速く歩こうと、常に半間ほどが隔《へだ》てられている。こちらを振り向くことはないが、気遣いは無用ですよ、と直之進は珠吉が心で語りかけてきているような気がしてならない。

富士太郎は、珠吉の後継のことを気にしていたが、この分なら、あと数年はそのような心配は無用ではあるまいか。

歩を進めている最中、直之進は道の右手に口入屋があることに気づいた。こぢんまりとした感じの店で、暖簾がかすかに風に揺れている。路上に置かれた招牌《しょうはい》には、笠井屋《かさいや》と記されている。

初めて見る店だが、店構えがどこか米田屋に似ていた。また光右衛門のことが直之進の脳裏に浮かんできた。

会いたいな、と思った瞬間、笠井屋の障子戸が横にするすると動いた。

「あっ」

店からのそりと出てきた男を見て、直之進は足を止めた。一瞬、光右衛門がそこにいるように見えたのだ。

「直之進ではないか」

声をかけられ、えっ、と直之進は声を上げた。珠吉も立ち止まっている。

路上に突っ立ったまま直之進は、目の前の男を見直した。

「琢ノ介……」

光右衛門と見まちがえたのか。光右衛門とは似ても似つかぬ男なのに、どうして見まちがえたりしたのか。

いま琢ノ介は光右衛門の暮らしていた家に住み、同じ商売に励んでいる。そうすると、人というのは似てくるのだろうか。

それとも、光右衛門の魂が琢ノ介に乗り移っているのだろうか。

「どうした、直之進。幽霊でも見たような顔をしておるぞ」

不思議そうに琢ノ介がいった。

「いや、なんでもないのだ……」

かぶりを振り、直之進は言葉を濁した。

「それにしても直之進、こんなところで会うとは奇遇だな。相変わらず珠吉も一緒か」

「それはそうだろう。珠吉と俺は、富士太郎さんをともに捜しているのだから」

琢ノ介の顔が少し疲れ気味なのに、直之進は気づいた。目の下にくまがある。よほど必死に富士太郎捜しをしたのではないか。

くまがある目で直之進たちをじっと見て、琢ノ介がきく。

「直之進たちも口入屋を当たっているのか」

「いや、たまたま通りかかっただけだ。入ろうとしたわけではない。琢ノ介は口入屋をしらみ潰しにしているのか」

「その通りだ。今のわしが最も力を発揮できるのは、なんといっても同業から話を聞くことだからな。同業から、須賀蔵の行方につながる手がかりを得られぬものかと、ある限りの口入屋をすべて訪ねておるのだ」

「すべての口入屋をか。すごいな」

直之進が感嘆の意を表すと、横で珠吉が感謝の気持ちを面にあらわし、ありがとうござえやす、と深く頭を下げた。

「なに、富士太郎のためだ。苦労でもなんでもない」

「しかし琢ノ介、大事な武家との約束はよいのか」

気にかかって直之進はきいた。

「ああ、あれはもう終わったからな。おかげでよい取引ができた。富士太郎がかどわかされたというときに、商売のことで探索から外れて申し訳なかった」

「それは仕方あるまい。誰にでも外せぬ用事はあるものだ」

直之進は眼前の店を見やった。

「琢ノ介、この笠井屋という店で、なにか耳寄りな話でも聞けたか」

「いや、なにも……」

表情を沈ませて琢ノ介が答える。

「笠井屋さんだけではない。これまで、これぞ、という手がかりはなにもつかめておらぬ。必死に動いておるのだが、なかなか富士太郎の力になれぬ」

無念そうにいって、琢ノ介が直之進と珠吉に眼差しを注ぐ。

「直之進、おぬしらはどうだ」

「うむ、だいぶ進展したぞ」

「まことか」

びっくりしたように琢ノ介が目をみはる。

「琢ノ介、歩きながら話そうではないか」

「うむ、そうだな」

直之進たちは連れ立って歩きはじめた。直之進は進捗具合を琢ノ介に説明した。

琢ノ介が驚きの顔になる。

「なんと、駕籠かきの相棒の実家までわかったのか。そうか、そこまで進んだのか」

「探索しているのは、俺たちだけではないぞ。倉田も力を貸してくれている。辣《らつ》腕《わん》のあの男のことだ、なにかきっと進展があるにちがいない」

「そうか、倉田もな。あの男はなんだかんだといって、富士太郎のことを気に入っているようだからな」

それについては直之進も同感だ。

「それにしても、直之進も珠吉も、調べる力がすごいな」

歩きながら琢ノ介がほめる。

「富士太郎さんのためだ、必死にもなるさ」

力こぶをつくって直之進はいった。

「その船二とかいう男の実家に行くために、直之進たちは今、小石川春日町に向かっているのだな。もうすぐそこだな」

「そういうことだ。船二の居場所を見つければ、須賀蔵も必ず一緒にいるはず、と俺たちはにらんでいるのだ。その二人がいるところに富士太郎さんは必ずいよう」

「うむ、きっとその通りだ」

直之進は琢ノ介、珠吉とともに歩き進んだ。

「湯瀬さま、ここが小石川春日町ですぜ」

うむ、と直之進はうなずき、町内を見渡した。明るい陽射しの下、大勢の者が行きかっている。その光景は、江戸のどこの町ともなんら変わりはない。

ふと、反物卸し、という看板が直之進の目に飛び込んできた。あそこか、と意気込みかけたが、ちがった。看板に弥丸屋と記されているのが見えたからだ。同じ町内で同じ商売をしている店があるのは、別に珍しいことではない。客集めのために、むしろ店がかたまっていたほうが、いいことが多いのではないか。

珠吉の先導で直之進たちは通りを右に折れ、別の通りに出た。それから十間ばかり行ったところで三人は足を止めた。

「ここですね」

反物卸し、と大きく記されている看板を見上げて珠吉がいった。

「うむ、まちがいないな」

直之進の目は、屋根に掲げられた扁額《へんがく》をとらえている。そこには、太字で高穂屋とくっきり書かれていた。

「ふーん、ここが船二という男の実家か」

店の前に立って、琢ノ介がじろじろと中を見ている。

「怪しい雰囲気は別段、感じられんな」

「どうやら、かなりの老舗《しにせ》のようですね」

店構えから判断したらしく、珠吉が少し意外そうにつぶやいた。

確かに、と直之進はうなずいた。伝統と歴史を感じさせる古い暖簾や、軒を支える柱も風雨や陽射しに長いあいださらされてきたのか、さびたような風合いを醸している。店内の商談用の広々とした広間にも、いかにも時を経たことを感じさせる黒光りした板材が使われている。この店は、もうずっと火事に遭っていないのだろう。

「ごめん」

暖簾を払い、直之進は店内に足を踏み入れた。後から琢ノ介と珠吉が続く。

「いらっしゃいませ」

数組の品のよさそうな女性客が散らばって商談をしている広間の奥のほうに設けられた帳場から、一人の男が直之進たちのほうに寄ってきた。直之進たちの前で裾を払って正座する。歳は三十過ぎか。手代だろう。

「反物をお求めでしょうか」

　きびきびとした口調で、手代らしい男が直之進たちにきく。

「卸しとあるが、小売りもするのか」

「さようにございます」

　にっこりと笑って手代らしい男が答えた。

「お客さまのお望み通りにさせていただく、というのがうちの商売のやり方でございますから」

「そうか。それはすばらしいやり方だな。だが、すまぬ。実は、俺たちは反物を買いに来たわけではないのだ」

　男三人という直之進たちの様子から見当をつけていたのか、手代らしい男は驚きを見せなかった。

「だからといって、この店に金をせびりに来たわけでない。安心してくれ」

　直之進としては身なりは精一杯、気をつけているつもりだが、それでも強請《ゆすり》やたかりをもっぱらとする不逞浪人と見られる恐れがないわけではない。

「さようですか。でしたら、どのような御用でございましょう」

「あるじに会いたいのだ」

「旦那さまにでございますか。あの、どのようなご用件でございましょう」

「おぬし、船二という者を存じているか」

「は、はい」

手代らしい男は戸惑いの表情になった。わずかに嫌悪の色があらわれている。

「存じております」

嫌悪の色を消して、手代らしい男は静かに答えた。

「その船二について、話を聞きたいと思っている」

直之進も平静な口調を心がけた。

「船二さんの、どのようなことでございましょう。申し上げにくいことでございますが、船二さんはすでに旦那さまより勘当《かんどう》されておりまして、こちらとはなんの関係もございません」

「勘当しているのか」

それは直之進にとって思いがけないことだった。

「先ほどもいったが、別に船二のことで脅しや強請に来たわけではない。金目当てなどではないことを明言しておく。ただし、船二に関して、これからいいにくいことをいうことになる。それはおぬしが聞くか、それともあるじのほうがよいか」

「旦那さまにうかがってまいります。こちらでしばらくお待ち願えますか」

「承知した」

素早く立ち上がった手代らしい男が、帳場格子の内側に座して大福帳に目を落としていた初老の男に、耳打ちした。

初老の男の目が直之進たちのほうを向く。眉間に苛立《いらだ》たしげなしわが寄った。あれがこの店のあるじで、船二の父親だろう。

すぐに小さくうなずいた初老の男は、なにごとか手代らしい男にささやきかけた。

承知いたしました、と口の形をつくった手代らしい男が、直之進たちのところに急ぎ足で戻ってきた。

そのあいだに立ち上がった初老の男が、足早に広間の左側へ歩いていく。突き当たりの襖を開けて、中に姿を消した。

手代らしい男が、直之進たちに広間に上がるよう丁寧にいった。直之進と琢ノ介、珠吉はその言葉にしたがった。

「こちらにどうぞ」

手代らしい男の先導で、直之進たちは初老の男が先に入った部屋の敷居を越えた。

「お座りください」

直之進たちを見て、正座している初老の男がいざなった。不機嫌そうな顔をしているものの、口調には出ていない。

部屋の隅の風呂敷の上に、いくつかの反物が置いてあるのを直之進は見た。いずれも上質であるとすぐにわかる物ばかりだ。

このあたりは、さすがに老舗といってよいのだろう。信用がない新参の店は、なかなか上物を扱えないことが多いと聞く。

直之進自身、反物のことはよくわからないが、これほどの上物は、滅多にお目にかかれないような気がする。

「どうした、直之進。座ろうではないか」

琢ノ介にいわれ、うむ、と直之進はうなずいた。直之進と琢ノ介があるじらしい男の前に座り、その後ろに珠吉が座した。

「なんでも、船二のことでお話を、ということでございましたな」

ときが惜しいのか、あるじのほうから水を向けてきた。

「その通りだ。だがおぬしの話を聞く前に、礼儀として名乗っておいたほうがよかろう」

まず自分の名を告げてから、直之進は琢ノ介と珠吉を紹介した。

「こちらは小日向東古川町で口入屋を営んでいる米田屋のあるじで、こちらの男は、南町奉行所定廻り同心樺山富士太郎どのの中間をつとめている珠吉だ」

「えっ、米田屋さんですか」

驚いたように初老の男が琢ノ介をまじまじと見る。

「知っているのか」

思ってもいなかったことで直之進はすぐさま問うた。

「え、ええ。そういえば、先代の光右衛門さんは亡くなられたのでしたね。噂で知りました。葬儀にも出ず、まことに失礼いたしました」

悲しげに畳に目を落とし、あるじはしばらくなにかを嚙み締めるようにうつむいていた。ふと気づいたように顔を上げる。

「ああ、遅くなりました。手前は滋五郎《じごろう》と申します。——今は国元から奉公人を入れておりますので米田屋さんとのおつき合いはございませんが、十年近く前まで、江戸出の奉公人を店に入れるときは、少し遠くはあったのでございますが、必ず米田屋さんに仲介してもらっておりました。米田屋さんの人を見る目は確かで、うちの店に役立つ者ばかりでしたね」

懐かしそうに滋五郎が目を細める。

「米田屋とのつき合いが絶えたのはどういうわけだ。なにかあったのか」

ききたそうにしている琢ノ介に代わり、直之進は滋五郎にたずねた。

「実は米田屋さんとのつき合いをやめることになったのも、船二のせいなのですよ」

船二の名を口にした途端、滋五郎は露骨にいやな顔をつくった。

「どういうことかな」

すぐさま直之進は問いを発した。

ええ、といって滋五郎が唇を湿らせた。あまり触れたくない事柄のようだが、言葉を選ぶように語り出した。

「船二は米田屋さんの仲介で店に入った奉公人に因縁をつけて殴りつけたり、金を脅し取ったりしたのですよ。米田屋さんの仲介で入った三人の奉公人が、そのせいでやめていきました。そんなことがあった以上、米田屋さんに奉公人の仲介をお願いするのもためらわれるようになってしまいまして……」

口を閉じ、滋五郎が黙り込む。それでつき合いがなくなったのだ。話はわかったが、直之進たちも黙然《もくねん》と滋五郎を見つめるしかすべがない。

顔を上げ、滋五郎が再び話しはじめる。

「ほかの口入屋から江戸の者を紹介してもらい、人物を確かめた上で入れてみましたが、今度はまじめに働かなかったり、こらえ性がなかったり、とあまりいい奉公人に当たらなかったのですよ」

無念そうに滋五郎が首を小さく振った。

「自分の人を見る目のあまりのなさに、手前は正直、驚きましたよ。それで七、八年前からは、手前の母親の在所である信州《しんしゅう》から奉公人を入れるようにしております」

「信州の者はよく働くか」

興味を抱いて直之進は問うた。

「ええ、寒さの厳しいところの出ということも関係しているのでしょうか、裏表なくまじめに仕事に励む者が多いように存じます」

「それはよかった」

「はい、ありがたく存じます」

滋五郎が頭を下げた。すぐに顔を上げ、直之進、琢ノ介、珠吉と順繰りに見ていく。珠吉で目を止めた。

「珠吉さんは御番所のお役人の御中間とおっしゃいましたね」

確かめるようにいった滋五郎の顔が、日が陰るように暗くなった。

「船二はついに、御番所の御手が回るようなことをしでかしましたか」

滋五郎が悔しげに唇を嚙む。

「あやつは、なにかするたびに必ずこちらに尻ぬぐいを押しつけてきました。船二は次男でした。手前にとって、あまりにかわいかった。それで甘やかしすぎたのでございましょう。手代からお聞きになったかもしれませんが、手前はもう船二を勘当いたしました。ですので、当家とはなんら関係ございません。もちろん、なにがあろうと、びた一文たりとも払うつもりはございません。船二の尻ぬぐいには、ほとほと疲れました。船二のために、手前はもはやなにもする気はございません」

決意も固く滋五郎はいいきった。

「おぬしの心のほどはよくわかった」

滋五郎の言葉を直之進はやんわりと受けた。

「だが、船二がなにをしたか、おぬしには知っておいてもらわねばならぬ」

直之進が宣するようにいうと、滋五郎が身構えるような顔つきになった。

「わかりました。お話しください」

うむ、といって直之進は話しはじめた。

「な、なんと——」

これまでに直之進は何度も同じ話をしてきたが、やはりというべきか、滋五郎が最も強い衝撃を受けている。言葉を失い、顔から血の気が明らかに引いた。唇が真っ青で、額のあたりが妙に白くなっている。悪寒を覚えているかのように体が小刻みに震えている。その震えは、手の指にも及んでいた。

「ま、まことでございますか」

血のかたまりでも吐き出すように、ようやく滋五郎が口にした。勘当したとはいえ、血のつながったせがれのことである、どうしても確かめずにはいられなかったようだ。

「まことのことだ」

静かな声で直之進は告げた。

「い、いったい、なんということを、船二はしでかしてくれたのか」

呆然としていたが、やがてごくりと唾を飲み込み、滋五郎が直之進を見つめてきた。

「——捕まれば、死罪でございましょうな」

「あるいは、遠島ですむかもしれぬが」

「よくて遠島……」

全身から力が抜けたように、滋五郎が背中を曲げている。そのせいで、着物がはだけ、着崩れているように見えた。

「高穂屋、話を続けてよいか」

気の毒ではあったが、一刻の猶予《ゆうよ》もない。直之進は滋五郎にいった。

「あ、はい、もちろんでございます」

姿勢を正し、襟元も直して滋五郎がしゃんとする。

「俺たちはいま船二を捜している。おぬし、居場所を知らぬか」

「居場所でございますか」

目尻に深いしわを刻み、滋五郎が困惑の表情を浮かべた。

「いえ、存じません。これは決してせがれをかばっているわけではございませんん」

確かに、滋五郎が嘘をついているようには直之進には見えなかった。

「なにしろ、勘当してすでに三年以上もたちますから。手前は船二のことについて、今はなにも知らないのでございます」

一時《いっとき》の動揺から立ち直り、滋五郎は顔に厳しさを宿していた。

「手前は、船二のことはもうこの世にいないものと思うようにしております。せがれといえども、もう心から関わりたくないのでございますよ」

船二のことはもうすべて記憶から消し去りたいという滋五郎の思いを、直之進は強く感じ取った。

「船二に最後に会ったのはいつだ」

「二年前の今頃でございましょうか。金を無心にまいりました。手切れ金として十両を渡しました。それ以降、船二とは一度も会っておりません」

「店の者はどうだ。たとえば船二の母親は会っておらぬか」

「船二の母親は、もうこの世におりません。五年前に病で亡くなりました」

「それはすまぬことをきいた」

「いえ、よろしいのですよ」

「奉公人で船二に会ったという者はおらぬか。あるいは消息を知っている者は」

「奉公人は手前に遠慮して口にこそ出しませんが、船二のことは毛嫌いしています。ここ最近会ったことのある者など、一人もいないでしょう」

「一応、きいてみてくれぬか」

「わかりました。きいてまいります」

すっくと立ち上がり、滋五郎が出ていった。

隅に置かれた反物を直之進は見つめた。

「どうした、直之進、おきくのためにほしいのか」

直之進に目を当て、琢ノ介がきく。

「いい物だな、と思ってな」

「確かになかなかなさそうな上物のようだな。あんな反物で着物を仕立たら、おきくはさぞ喜ぼう」

「義姉上のために、おぬしがあつらえてやったら、よいではないか」

義姉とは、琢ノ介の女房であるおあきのことである。

「我が女房には、ちと派手すぎるかな」

「そんなこともあるまい」

「しかし、いかにも高そうだ」

「高かろう。だが、義姉上に似合いそうな柄もあるぞ」

「その紅葉《もみじ》のやつだろう」

「着物は季節を先取りしているのだな。まだ暑さははじまったばかりというのに、もう秋の着物の柄が出はじめている」

富士太郎がかどわかされたという喫緊《きっきん》時だが、女房の着物のことを琢ノ介と話しているのは、ちょうど息抜きになって、緊張の連続だった直之進にはありがたかった。

「お待たせしました」

敷居際に立ち、滋五郎が声をかけてきた。応接間に入り、直之進たちの前に正座する。

「奉公人に漏れなくききましたが、ここ最近、船二と会った者は、一人もおりませんでした。消息を知っている者もおりません」

そうか、と小さくいって直之進は居住まいを正した。

「高穂屋、須賀蔵という男を知らぬか」

滋五郎がまたもいやそうな顔をした。

「よく存じておりますよ。近くにある寛英堂という診療所のせがれですから。船二が岩片道場という剣術道場に通っていたとき、怪我をして知り合ったのでございます。なんでも、須賀蔵に手当をしてもらったらしい」

須賀蔵の実家は診療所だったのかと直之進は思った。

顔をしかめて滋五郎が続ける。

「須賀蔵と知り合って、船二は駄目になったんでございますよ。須賀蔵は船二を博打やらなんやら悪事に引き込みましてね」

いかにもいまいましげに滋五郎はいった。だが、と直之進は滋五郎の言を話半分ぐらいに受け取った。誰にも親の欲目というものがある。

「寛英堂には、須賀蔵の血縁はいるのか」

「須賀蔵の兄がおります。名は丈佑さんといいます。丈佑さんはとてもよいお方ですのに、弟はなんであんなひどい育ち方をしたのか」

口をへの字に曲げて滋五郎がいった。

「寛英堂への道を教えてくれぬか」

「ああ、行かれますか。わかりました」

滋五郎がすらすらと述べた。道筋を直之進はいつものように頭に叩き込んだ。

滋五郎に礼をいって直之進は立ち上がろうとした。

そのとき番頭らしい、やや歳のいった男が客間にやってきた。敷居際に正座する。

「ご来客中のところ、畏れ入ります。旦那さま、そちらの反物でございますが、ただいまより一色屋さんに届けに行ってまいります」

番頭は部屋の隅に置いてある反物に目を当てている。

一色屋とな、と直之進は首をかしげた。聞いたような名だ。

「番頭さん、よろしく頼むよ。一色屋さんの注文品は特にいい物ばかりだから、ここに分けておいたんだよ。番頭さん、失礼のないようにね」

「承知いたしました。――失礼いたします」

深く頭を下げた番頭が上物の反物を風呂敷に丁寧に包み込んで、大事そうに抱え上げる。

「失礼いたします」

直之進たちにいって、風呂敷包みを抱えた番頭が出ていった。

「一色屋というのは、もしや日本橋にある呉服屋のことか」

一色屋のことを思い出して直之進は滋五郎にたずねた。

一色屋の娘である智代はいま樺山家に女中のような形で入っているが、すでに富士太郎の許嫁である。智代はどれほど富士太郎のことを心配しているだろう。

智代と田津には、屋敷でおとなしくしているようにいってあった。自分の働きで富士太郎を必ず無事に戻すから、と。智代と田津の二人のためにも、富士太郎をどんな手を使ってでも救い出さなければならない。

今度の富士太郎さんのかどわかしの一件が、と直之進は思った。一色屋絡みということは考えられぬだろうか。

一色屋が関係しているとして、なにゆえ富士太郎のかどわかしにつながるのか。

わからぬな、と直之進は心中でつぶやいた。一色屋など富士太郎のかどわかしにはまったく関係ないのかもしれないが、ここで名が出てきたのは、なにかしらの縁ではないだろうか。こういう流れには、素直にしたがったほうがいい。

「おぬし、一色屋にうらみを持つような者は知っておらぬか」

決して勢い込むことなく直之進は滋五郎にたずねた。

「うらみでございますか」

いきなりそんな問いをぶつけられて、滋五郎がきょとんとする。ああ、と思い出したように口の中で小さく声を上げた。

「うらみということではないのかもしれませんが、一色屋さんはここ半年ばかりで、十軒ばかりの仕入れ先を切りました。いずれも反物卸しの商家でございます」

「こちらと同業か。この店は大丈夫だったというわけか」

「おかげさまで、切られずにすみました」

「なにゆえ一色屋は、十軒もの取引先を切るような真似をしたのだ」

はい、といって滋五郎が唇を湿らせた。

「一色屋さんは、うちなど霞んでしまうほどの大店《おおだな》です。そういう大店の場合、特に長く商売を続けていると、どうしても仕入れ先が多くなり、整理がつかなくなってしまうものです。仕入れ先が多ければ、支払いの手間も煩瑣《はんさ》になってきますしね。それで、取引額の少ない仕入れ先を切っていくということを、大きな商家はときにするものなのです」

「それは諍《いさか》いやもめ事があって、ということではないのだな」

「諍いに近いものがあれば、真っ先に切られるというようなことはありますが、こたびの件はちがいますね」

「なるほどな」

納得したものの、やはり、と直之進は思った。大店との取引を打ち切られたほうは、たまったものではあるまい。大店にとっては取引額が少なくても、切られる側は死活問題ということも十分に考えられる。

「ああ、そうそう」

少しだけ口調に弾みを含ませて、滋五郎が思い出したようにいった。

「そこの弥丸屋さんも、一色屋さんに切られた口ですよ」

「えっ、そうなのか」

先ほど弥丸屋という看板を見たばかりだ。

「弥丸屋は一色屋に切られて、商売のほうは大丈夫なのか」

もしそのことでうらみがあり、富士太郎をかどわかすことを報復の手段としたというようなことは、考えられるだろうか。

「まず大丈夫でしょう」

あっさりと滋五郎がいい切った。

「一色屋さんに切られて、商売が傾いたという話はまったく聞きませんしね。なにしろ弥丸屋さんは、三男に御家人株を買ってやれるだけの財力がありますから」

「御家人株をな。ならば、その三男はいま武家ということだな」

「さようにございます。御徒目付をつとめていらっしゃいます」

徒目付だと、と直之進は自分の目がきらりと光ったのをはっきりと覚った。なにかが引っかかる。

そうか、と直之進は解した。徒目付は町奉行所に自由に出入りできるのだ。役人たちに非違や懈怠がないか、監視するのが役目である。

徒目付はときに隠密仕事もこなす。護国寺近くで富士太郎に声をかけたのが徒目付だったとしたら、隠密仕事をこなしている最中と富士太郎が考え、頭巾の侍の名を呼ばなかったのも合点がいくというものだ。

もしかすると、と直之進は思った。弥丸屋の三男が富士太郎のかどわかしに大きく関与しているのではあるまいか。

「その徒目付の名はなんというのだ」

さすがに直之進の口調は強いものになった。

「伊三郎さんです。今は伊太夫と名乗っていらっしゃるようですよ」

直之進の勢いに押されたかのように、滋五郎がわずかに体を引いた。

「伊太夫の姓は」

「えっ。ええと……」

　まごついたように滋五郎が言葉を探す。

「うろ覚えでございますが、伊太夫さんが養子に入ったのは、確か山平さまというお武家だったように思います」

　山平伊太夫か、と直之進は思った。立ち上がりかけたが、まだきいておかなければならないことがあった。

「伊太夫という男は、船二と知り合いか」

「知り合いだと思います。二人とも岩片道場の門人ですから」

　ならば、船二とは親しい間柄かもしれない。

「ああ、そういえば、稽古で船二に怪我を負わせたのは、伊太夫さんでしたよ」

「そうなのか。船二の傷を手当したのは須賀蔵といったな。須賀蔵と伊太夫は親しい仲か」

「親しいかどうかは存じませんが、船二を須賀蔵が手当したとき、まちがいなく伊太夫さんは寛英堂に来ていたはずですから、知り合いであるのはまちがいないと思います」

　直之進はぎゅっと拳を握り締めた。大きな手がかりをつかんだ。琢ノ介も珠吉も顔が赤らみ、鼻の穴がふくらんでいる。

ここで山平伊太夫という、いかにも怪しい人物が出てくるのは、偶然なのだろうか。

そうかもしれぬ。

いや、そんなことはあるまい。

とにかく今は、と直之進は考えを進めた。この山平伊太夫を追うことこそが、富士太郎のもとにたどり着く最善の道なのではないか。

深く礼をいって、高穂屋を辞した直之進たちは伊太夫の実家だという弥丸屋をすぐさま目指した。

「あれだったな」

高穂屋にくる途中、目に入ったさほど大きいとはいえない建物を見つめ、直之進はいった。

「おや」

不思議そうに琢ノ介がいい、首を傾けた。

「あれは……」

一人の姿のよい男が、陽射しを浴びて店の前に立っている。孤高を持している。そんな感じが強くする立ち姿である。

「倉田だな」

「やつに先んじられたか」

悔しげに琢ノ介が唇を嚙んだ。

「あの様子では、まだ店の中には入っておらぬな。まあ、先んじられたというほどではあるまい。ただし、さすがは倉田としかいいようがない。あの男は、いずれ落ち合うことになるのではないかといっていたが、半日たらずで、まさにその通りになった」

素直な気持ちで直之進は佐之助をほめたたえた。顔つきから、珠吉も同じ思いでいるのが知れた。

「おう、来たか」

弥丸屋の前にやってきた直之進、琢ノ介、珠吉の三人を見て、佐之助が微笑する。

「倉田、まだこの店には入っておらぬな」

店の者に聞こえないようにと直之進が小声でいちおう確かめると、佐之助が顎を上下に動かし、ささやきかけてきた。

「うむ、まだだ。湯瀬たちも、山平伊太夫が怪しいとにらんでここまでやってきたのだろう。俺も同様だ。ただし、この店まで足を運んだはいいが、いきなり家人に話を聞くのもどうかな、と迷っていたのだ。我々がここまでたどり着いたとは、伊太夫にまだ気取られぬほうがよいのではないかと思っている」

「うむ、倉田のいう通りだ。やめておいたほうがよかろう。家人は山平伊太夫と通じているかもしれぬ」

「よし、いったん引き下がろう」

佐之助がいい、直之進たち四人は弥丸屋の前を足早に立ち去った。

一町ほど太陽にあぶられるようにして歩くと、ちんまりとした寺の向かいに、一軒の茶店があった。葦簀《よしず》が太陽の光をさえぎり、ずいぶん涼しそうな佇まいだ。

「あそこで、ちと話をしようではないか」

茶店を指し示して直之進はいった。よかろう、ということになり、直之進たち四人は長床几に腰を落ち着けた。

「ふう、あちこち歩き回ったからな、ひと休みできるのはありがたい」

太りじしの琢ノ介が懐から豆手ぬぐいを出して、顔や首筋の汗をせっせと拭く。

小腹が空いていたので、直之進たちは茶のほかに饅頭《まんじゅう》や団子《だんご》も注文した。

「それにしても湯瀬、どうやって弥丸屋までたどり着いた」

さっそく運ばれてきた饅頭を咀嚼《そしゃく》して、佐之助がきく。

どういう経緯《いきさつ》で弥丸屋を知ることになったか、直之進は説明した。

「そういうことか。一色屋のことを見逃さずに高穂屋のあるじにたずねたのが、功を奏したな」

「うむ。倉田、おぬしはどうやって弥丸屋までやってきたのだ」

「俺は須賀蔵の兄である丈佑という医者から話をきいた。船二の剣術道場での知り合いに山平伊太夫という徒目付がいるとな」

「それで、伊太夫の実家の弥丸屋に足を運んだというわけか」

「その通りだ」

直之進を見返して佐之助がうなずく。

山平伊太夫が富士太郎をかどわかした。直之進たちの意見は一致した。須賀蔵と船二も一味だが、本丸は徒目付の伊太夫にまちがいない。

これからどうやって富士太郎の居場所を探り出すか、四人の男は顔を寄せ合って真剣に話し合った。

第四章

一

茶店における佐之助との話し合いの結果、直之進と珠吉、琢ノ介の三人は、弥丸屋を調べることになった。

むろん店をじかに訪ねるような真似はせず、外から当たってみるつもりである。

そして、実際に直之進たちは弥丸屋を徹底して探った。

取引先や商売敵《しょうばいがたき》を訪問したときは、珠吉の身分を伝え、主人や奉公人にかたく口止めしておいてから、弥丸屋のことを次々にきいて回った。

そうして調べた限りでは、弥丸屋の商売ぶりは順調そのものに見えた。奉公人たちも生き甲斐を持って働いていると、どの取引先、商売敵も口をそろえた。

一色屋に取引を打ち切られたことも、船二の父親でもある高穂屋のあるじ滋五郎がいっていたように、弥丸屋にとってさしたる痛手ではなかったようだ。

弥丸屋の取引先は手堅く商売をしている呉服屋がほとんどで、扱っている品物も確かな物が多く、信用もされていて店はうまく回っているようなのだ。

売上の焦げつきなどまったくなく、弥丸屋が上手に取引先を選んで商売をしているのがわかった。それゆえに、弥丸屋が傾いたとの噂が出たことは、これまで一度たりともないという。

店がうまくいっていることで、主人も常ににこやかな表情を崩さないそうだ。

商売に関してはさすがに厳しいようだが、だからといって奉公人を怒鳴りつけることもないらしい。

今は伊太夫の兄で長男の幡之丞《ばんのじょう》が父親の跡を継いでいる。伊太夫のすぐ上の兄である次男は、他の商家に養子に出たようだ。

こうして直之進たちが弥丸屋のことを一心に調べていたら、いつしか夕暮れが迫っていた。日の長い頃合だが、江戸の町は橙色《だいだいいろ》に染められ、涼しい風が吹きはじめていた。

弥丸屋がこたびの富士太郎のかどわかしに関わっていることはないと確信した

直之進たちが店の近くまでやってきたとき、暖簾を払って外に出てきた男がいた。そのまわりを、奉公人らしい男たちが笑顔で囲んでいる。

男は恰幅《かっぷく》がよく、いかにも余裕のありそうな笑みを浮かべていた。

あれが主人の幡之丞であろう、と直之進は思った。

やがて二挺の町駕籠が弥丸屋の前にやってきた。駕籠に近寄った幡之丞は実に穏やかな表情をしており、見送る奉公人たちといつまでも談笑していた。

おそらく、と駕籠に消えた幡之丞の面差しを思い出して直之進は思った。幡之丞は伊太夫が町方役人のかどわかしに関与していることなど、露《つゆ》ほども知らないのだろう。

でなければ、あれほどの平穏な感じというのは醸し出せるものではない。どこかとげとげしかったり、逆におどおどしていたりして、心の内面が態度に出るものだ。だが幡之丞にはそんな様子は微塵もなく、悠然《ゆうぜん》たる身ごなしだった。

幡之丞のあずかり知らぬところで伊太夫が犯罪を行っているとして、と涼しい風を横顔に受けつつ直之進は考えた。弥丸屋のように商売が順調にいっている店ならば、富士太郎を監禁できる別邸を所有しているのではないか。

それはどこにあるのか。

周旋《しゅうせん》したところを探すのが第一だろうと思案して、日暮れ間際にもかかわらず直之進たちは近所の口入屋を訪れた。

笠井屋である。暮れ六つの鐘が鳴ろうとする直前だったが、まだ店は開いており、暖簾がゆったりと風に揺れていた。

「あれ、あんたは」

笠井屋のあるじが、暖簾を払って土間に立った琢ノ介を見て、驚きの声を上げた。

「米田屋さんじゃないか」

琢ノ介によれば、帳場格子をどけて土間に降りてきたあるじは、矢之助《やのすけ》というそうだ。

「ええ、またお邪魔しました」

商売人らしく琢ノ介が小腰をかがめる。

「お仲間をお連れだね」

矢之助が直之進たちを見て微笑した。

「はい、ちょっとご主人におききしたいことがありまして」

「ほう、さようですか。昼間にきいていかれた須賀蔵さんは見つかりましたか」

「いえ、まだです」

「さようですか。それはまた残念ですな。――それで米田屋さん、ききたいことというのは、なんですかな」

人のよさそうなあるじは、直之進たちを土間の隅に置いてある長床几に座らせた。自身は空の醬油樽《しょうゆだる》を持ち出してきて、それに腰を下ろした。

「弥丸屋さんのことで、ちょっと」

矢之助をまっすぐに見て琢ノ介がいった。

「ほう、弥丸屋さんね」

矢之助が一瞬、なぜそんなことをきくのだろう、という顔をした。その表情を見逃さなかったようで、琢ノ介がすぐさま口を開く。

「須賀蔵の行方に、弥丸屋さんが絡んでいるかもしれないのです」

「えっ、弥丸屋さんが」

意外な顔をしたが、矢之助はこくんとうなずくや、すぐに話しはじめた。

「いま弥丸屋さんとうちは、ほとんどつき合いがありませんが、先代の弦之丞《げんのじょう》さんのときは、深いおつき合いをさせていただきましたな」

笑顔で矢之助がいった。

この様子ではだいぶ儲《もう》けさせてもらったようだ。それならば、弥丸屋の内情についてもいろいろと知っているかもしれぬ、と直之進の胸は期待にふくらんだ。横に、ちょこんと座っている珠吉も直之進と同じ思いでいるようだ。

「深いおつき合いとおっしゃいますと」

丁寧な口調で琢ノ介が矢之助にきく。

「奉公人の仲介も何度かしたことがありますが、いちばん大きかったのは弦之丞さんに、三軒の別邸を周旋したことでしょう」

きいていないのに、矢之助のほうから別邸のことを持ち出した。いきなり当たりを引いたのか。

「三軒も。それはすごい」

興奮を隠さずに琢ノ介が身を乗り出す。笑顔を崩さずに矢之助が言葉を続ける。

「弥丸屋さんは、今も相変わらず順調な商売ぶりらしいですが、昔のほうがやはり羽振りがよかったですからね」

わずかばかりのあいだ、矢之助は口を閉ざしていた。

「今のご主人の幡之丞さんはいくら儲かろうとも別邸などの道楽に手を出す気は

一切ないようですし、先代の弦之丞さんが手に入れた別邸は、ほとんど使っていないようですよ。幡之丞さんは商売が面白くて仕方がないようで、道楽には関心がないらしいですからね」

苦笑して矢之助がいった。

「では、三軒の別邸は今は空き家になっているのですか」

すかさず琢ノ介が矢之助にただす。それは直之進も知りたいことだ。

「手放しておらず、人にも貸していないようですから、まあ、空き家も同然でしょうな」

ならば、と直之進は思った。その三軒の別邸のいずれかに、富士太郎さんは監禁されているのではなかろうか。

その思いは、琢ノ介と珠吉にも通じたようだ。

「その三軒の別邸の場所を、教えていただけますか」

琢ノ介が丁重に申し出る。思慮深げな顔になり、矢之助が首をかしげた。

「まさか、米田屋さんは、弥丸屋さんの別邸に須賀蔵さんが隠れているって思っているんじゃないだろうね」

「いるかもしれません」

真顔で琢ノ介が答えた。

「へえ、そうなのですか。弥丸屋さんの別邸にねえ」

意外そうにいって矢之助が何度か首を横に振った。それから、三軒の別邸の場所をすらすらと口にした。

じっと聞き入り、直之進はすべての場所を覚え込んだ。琢ノ介は帳面を取り出して書き記している。珠吉は直之進と同様、三軒とも記憶したようだ。

「——笠井屋どの」

琢ノ介が帳面を懐にしまい込んだのをしおに直之進は穏やかに呼びかけ、矢之助の顔を自分に向けさせた。

「おぬし、船二という男を知っているか」

「船二さん……」

少し考えたが、矢之助はすぐに思い当たったような顔つきになった。嫌悪の色がわずかながらも頬のあたりをよぎっていったのを、直之進は見逃さなかった。

「ええ、存じていますよ。高穂屋さんの次男坊ですね。今はなにをしているか、手前は知りませんが」

どこか突き放すような物言いだ。

「船二は、おぬしになにか、よからぬことでもしたのか」

優しい口調を心がけて直之進はきいた。

「いえ、手前にではありません。弥丸屋さんの奉公人ですよ。先ほども申し上げましたが、手前は頼まれて弥丸屋さんに奉公人を四人ほど入れたことがあるのです。しかしながら、船二にいじめ抜かれて四人ともやめてしまったのですよ。もうだいぶ前の話ですけど……」

米田屋の仲介で入った奉公人にしたのと、同じような真似を船二はしてのけたのだ。弥丸屋は、船二の実家である高穂屋と同じ反物卸しが生業だが、だからといって同業者の奉公人にちょっかいを出したとは、どういうことか。実家の奉公人を痛めつけるだけではあきたらず、船二は弥丸屋の三男だった徒目付の伊太夫とのつきあいから、赤の他人の奉公人にまでいやがらせをしたということか。人というのはまことに変わらぬものだな、と直之進は思った。

「でも、どうしてお武家は、船二のことなんかおききになるんです」

矢之助が不思議そうに直之進に問う。

「弥丸屋の三軒の別邸のいずれにも須賀蔵がいなかったときのことを、考えているのだ。須賀蔵と船二は、どうやらつるんでいるらしいのでな」

矢之助だけでなく、琢ノ介と珠吉にもわかってもらおうと直之進は説明した。

「船二の実家の高穂屋にも、金はたっぷりとあろう。高穂屋にも今はもう使われておらぬ別邸があるのではないか、と思ってな」

「高穂屋さんに別邸……」

つぶやいて矢之助が首をひねる。

「少なくとも、手前は周旋したことはございません。噂でも高穂屋さんに別邸があると、耳にした覚えはございませんな」

「ないならないで、別に構わぬのだ」

ほかに笠井屋にきくべきことはないか、と直之進は自問した。今は、なにも思い当たらなかった。

礼をいって直之進たちが笠井屋をあとにしたときには、完全に日が暮れ、夜のとばりが降りていた。

「どうする、直之進」

懐から折りたたんだ提灯を取り出して火を入れ、琢ノ介がきく。直之進の気持ちには一筋の迷いもない。

「弥丸屋の三軒の別邸すべてを当たろうではないか」

「うむ。それがいい」

琢ノ介に否《いな》やはないようだ。

「珠吉は大丈夫か。疲れておらぬか」

答えはわかりきっていたが、直之進は一応たずねた。

「旦那を救い出すまで、あっしは決して休みませんぜ」

珠吉が力強い言葉を返してきた。

「よし、ならばこのまま調べを続けることにしよう」

ここまで調べを進めてきて、珠吉のいう通り、夜だからと休んでなどいられない。富士太郎の命がかかっているのだ。情況になんら変わりはない。一刻も早く救い出さなければならない。

ただし、慎重に調べを進めることだけは、決して忘れてはならない。

直之進たちは三軒の別邸すべてに気配を殺して忍び込んだ。忍び入ることに慣れているわけではないが、人《ひと》けの感じられない邸内に入り込むことはさして難しいことではなかった。直之進だけでなく琢ノ介、珠吉も楽々とやりおおせた。

三軒の別邸には、富士太郎が監禁されているような剣呑な雰囲気は、まったくないことがわかった。まさしく空き家そのもので、人の気配など、どこを探してもなかった。人がいたという形跡を、見つけることすらできなかった。

弥丸屋の三軒の別邸に、富士太郎は監禁されていなかったのだ。

――目算が外れたか。

直之進は唇を嚙んだ。だが、すぐに気持ちを立て直した。弥丸屋に三軒の空き家も同然の別邸があるとわかったからといって、当たりだと思うほうがどうかしているのだ。探索というのは、そんなにたやすいものではない。富士太郎の身柄を隠すほうも、もっと工夫して監禁場所を探すだろう。

富士太郎は別の場所に閉じ込められている。それだけの話だ。直之進たちがしなければならぬのはその場所を見つけ出すことだ。

富士太郎はどこにいるのか。

今はまだわからない。

だが、どんな手を使っても、富士太郎を見つけ出す。どのようなことがあったにしろ、富士太郎を無事に救い出すのだ。

そして、智代と田津のもとに連れて帰る。

――富士太郎さん、待ってろ。

雨の気配がかすかにしはじめている真っ暗な空に向かって、直之進は呼びかけた。この声が富士太郎に届くことをひたすら祈った。

二

刻限は四つ近くになった。

夜は、江戸の町をすっかりと支配下に置いている。

佐之助の影は墨のように闇に紛れている。

御弓町《おゆみちょう》界隈《かいわい》に人けはまったくない。夜の到来とときを同じくして雲が空を覆い尽くし、月の姿は見当たらない。星の瞬きも一つとして目に入らない。

忍び入るには、恰好の夜といってよい。わずかに雨のにおいがする。じきぽつりぽつりと降り出すだろう。雨は気配を消す。

しかしどのみち、と佐之助は門前にたたずんで思った。雨が降ろうと降るまいと、眼前の屋敷に忍び込むのはたやすいことだ。山平屋敷に人けは、ほとんど感じられないのだから。

遣い手であるらしい、と直之進から聞いた山平伊太夫は、まだこの屋敷に帰ってきていない。

直之進たちと茶店で別れてから、佐之助はこの屋敷を張っていた。だが、結局のところ、山平伊太夫は姿をあらわさなかった。

徒目付をつとめる伊太夫の出仕先は、千代田城である。そこからまだ屋敷に戻っていないというのは、どういうことか。

ひょっとして、と佐之助は思案した。そもそも伊太夫は出仕していないのか。富士太郎の監禁場所に、ずっと張りついているということも考えられる。

こちらの知らぬ間に、千代田城から帰ってきたということはあり得ない。そのことを佐之助は確信している。伊太夫の供らしい若党が六つ頃に一人、戻ってきたのは見逃していないのだから。

つまり伊太夫は、と佐之助は考えを進めた。朝、素知らぬ顔で出仕して富士太郎の探索やら、本来の仕事やらに精を出し、夜は樺山の監禁場所に赴《おもむ》くということを繰り返しているのではあるまいか。

隠密の仕事があって単独で動くといえば、供の者が疑うことはないだろう。

佐之助としては、千代田城から屋敷に戻ってきた伊太夫が深夜、監禁場所に向かうところをつけて、樺山を救出するという筋書を描いていた。だが、どうやらその目論見《もくろみ》は外れたようだ。

今夜、伊太夫がこの屋敷に帰ってこなかったのは、単に戻るつもりがはなからなかったからに過ぎまい。

明日の朝、出仕する前に一度、伊太夫は屋敷に姿を見せるのではないだろうか。この時季、着替えはどうしても必要だからだ。徒目付たる者、前日と同じ下着を着て、出仕するわけにはいくまい。

もともと役人は身だしなみにうるさいものだ。少しでも汗がにおったりすれば、なんやかやと嫌みを口にする輩はいくらでもいるだろう。町人出身の侍ならば、余計、その手のことに気を使うはずなのだ。

――伊太夫は今夜、戻ることはあるまい。

佐之助はそうにらんで、山平屋敷に忍び込むつもりでいる。

――必ずや樺山の監禁場所につながる手がかりを見つけてやる。

軽く息を入れて、佐之助は目の前の門を見上げた。大した高さではない。屋根のない冠木門《かぶきもん》である。

門の両側に連なる塀は新しい感じはするが、半丈程度の高さがあるに過ぎない。徒目付を拝命しているといっても、御家人は手を上げれば届くほどの塀をつくるのが精一杯なのかもしれない。

湯瀬たちは、と低い塀に手をかけて佐之助は思った。樺山の監禁場所につながる手がかりを得ることができただろうか。

伊太夫の実家である弥丸屋を調べ上げることで、樺山の監禁場所を探し出すといっていたが、果たしてうまくいったのか。

うまくいってほしいが、まだ目星がつけられるほどの手がかりを得てはいないのではないか。佐之助はそんな気がしてならない。まだ機が熟していないというのか、そこまでときが達していない感があるのだ。

気合をこめるまでもなく、軽々と塀を乗り越えて佐之助は庭に飛び降りた。すぐさま木陰に走り込んで姿勢を低くし、あたりの様子をじっと探る。

ほとんど手入れのされていない庭が、眼前に広がっている。伸び放題の草のにおいが、あたりに漂っている。草いきれというやつだ。

敷地の広さは、せいぜい二百坪ほどか。庭に繁茂《はんも》する木々は剪定がまったくされておらず、枝は勝手な方角に伸びている。

屋敷内は静かなものだ。この屋敷には本当に人がいるのか。そんな疑いを抱かざるを得ないほど、ひっそりとした静寂の幕に包まれている。

忍び足で佐之助は庭を進んだ。ほんの五間も行かないところで建物に突き当たった。

山平屋敷の母屋であろう。敷地同様、大した広さではない。建坪で五十坪もないのではないか。

片膝を地面につき、佐之助は母屋の様子をうかがった。

四人ほどの人の気配が伝わってくる。

伊太夫の供についていた若党が一人に、その足軽《あしがる》が一人、あとは下男夫婦といったところか。

下男夫婦は寝入っているようだが、若党と足軽はまだ起きているらしい。こんな夜中になにを語っているのか、かすかな話し声が聞こえてきている。主人がいないのを幸い、深酒でもしているのだろうか。

下男用の長屋らしいものが敷地に見当たらないことから、母屋の台所そばにでも下男夫婦は一室を与えられているのだろう。

それ以外に人の気配は感じられない。山平伊太夫は遣い手らしいが、そんな圧《お》されるような気はどこからも伝わってこない。

やはり伊太夫は屋敷におらぬ。

確信した佐之助は刀を左手でしっかりと握り、姿勢を低くして床下にもぐり込んだ。

いくつもの蜘蛛《くも》の巣を破り、地面を這いずるように進む。かび臭いにおいがどんよりと漂っている。胸が悪くなりそうだ。

伊太夫の部屋はどこなのか。

頭上の気配に気を配りつつ佐之助は探った。

探し続けているうち、二人の話し声が聞こえる直下に引かれるようにやってきた。

――こんな夜中にいったいなにを話しているのか。もしや樺山の居場所につながるような話をしてはいまいか。

わずかな期待を抱いて、佐之助は耳を澄ませた。

しゃがれた声とやや甲高い声は、身分のちがいはあれど、どうやら歳が近い様子で、これまで遊んだことのある女のことなど取り留めなく話していた。

――無駄だったか。

顔をしかめた佐之助がその場を去ろうとしたとき、殿、という言葉が耳に飛び込んできた。むっ、と佐之助は動きを止めた。こやつらが殿と呼ぶのは、伊太夫しかいない。

「殿は女のところに行かれたのか」

しゃがれた声のほうがそんなことをいった。

「おそらくそうだろうな。隠密の探索仕事があるとおっしゃっていたが」

甲高い声が応じた。

「このところずっと女のところに通っておられるな」

夜間は富士太郎の監禁場所に詰めているのだろう。

「今夜で三夜連続か。まあ、そのおかげでこちらは、こうして気楽に酒を飲んでいられる」

「殿が夢中になられるとは、どんなおなごなのだろうな」

しゃがれ声のほうがきいた。

「うむ、是非とも顔を拝ませてもらいたいものだ」

「殿は、いずれそのおなごをこの屋敷に入れるおつもりなのだろうか」

「そうかもしれぬ。殿もご内儀を亡くされて、もう五年になられる。後添《のちぞ》いを迎えられても、誰からも文句は出るまい」

伊太夫は富士太郎の監禁場所に行くのに、と佐之助は思った。若党たちに、女のもとに通っていると思わせているようだ。だが、と佐之助は思案した。伊太夫に本当に女がいるというのは、決してあり得ぬことではない。その女のところに富士太郎が閉じ込められているというのは、考えられないか。

床板を外して部屋に跳び上がり、この者らを問い詰めたい、という衝動を佐之助は抑え込んだ。頭上の二人が伊太夫の女の家を知っているはずがない。伊太夫は、秘密にしているに決まっているのだ。

伊太夫に女がおり、その家に富士太郎が監禁されているとしても、自力で探し出すしかない。

伊太夫は夜明け頃にこの屋敷に帰ってくるはず、と佐之助はにらんでいる。そのあとは、ずっとやつに張りついていればよい。そうすれば、必ず富士太郎の監禁場所に連れていってくれるにちがいないのだ。

「そろそろ寝るか」

あくびとともに甲高い声がいった。

「うむ、もう四つ半を過ぎただろうしな」

「酒も尽きたし」

ごそごそと身動きする音がし、頭上で男が一人、横たわったのが知れた。すぐにいびきが聞こえはじめる。

「酒が入ると、信じられぬほど寝つきがいいな」

しゃがれ声があきれたようにいい、ふわあ、と大きなあくびをした。俺も寝るか、とつぶやき、ごろりと横になる音が響いてきた。どうやら、着替えもせずに二人ともこの部屋で寝るつもりらしい。きっといつものことなのだろう。

この広いとはいえない屋敷内を探索するのに、二人が眠るのは、ありがたいといえないこともない。二人に気取られることなく、探索するのはたやすいことだが、万が一でも、露見の恐れは減らしたほうがよいのだ。

競い合うようにいびきをかいている二人の下を離れ、佐之助は東側に庭を見る部屋の下に来た。ここならば日当たりがよく、当主が自分の部屋とするのにふさわしいのではあるまいか。

頭上の気配をまず探る。人けはまったくない。一瞬、誰か待ち受けているのではないか、という思いを抱いたが、どう考えてもそれはない。

床板を外し、畳を持ち上げて佐之助は顔を出して部屋の中を見た。

八畳間とおぼしき部屋は深い闇にどっぷりと浸かっているが、夜目《よめ》が利く佐之助には、なんら支障はない。

床の間には、唐土《もろこし》の賢人らしい者が描かれた掛軸がかかっている。家財は文机と行灯、火鉢しか見当たらない。文机の上には、文鎮《ぶんちん》だけがのっていた。

部屋に上がり込んだ佐之助は文机の前にかがみ込み、文机に三つある引き出しをすべて開けた。

文机のいちばん上の引出しに、一冊の書物が入っていた。手を伸ばして、佐之助は手に取った。かすかに『孟子《もうし》』と読める。

以前に佐之助は読んだことがあるが、上に立つにふさわしいのは慎み深く寛大な主君であり、さらには民を情け深く治めなければならぬ、というような意味のことが書かれていたように思う。

富士太郎をかどわかすような男が、こんな書物を読んでいるとは少し驚きだった。掛軸の画のことも合わせ、単に、唐土の賢人に敬慕の思いを抱いているだけかもしれない。

なにか書き込みがないか、と丹念に一枚一枚を見ていったが、『孟子』はきれいなもので、富士太郎の居どころにつながるような記述はどこにもなかった。

『孟子』を引出しに戻して、佐之助が押入を開けてみると、布団がたたまれてあった。

布団をどかし、目を凝らして押入の中をのぞいてみたが、なにかが隠されているということもなかった。

床の間の掛軸にも佐之助は目を向けた。この画はかなり新しい物のようだ。『孟子』同様、余白になにか記されているということもなかった。

掛軸から目を離して佐之助は、山平伊太夫という男は、と考えた。いったいなんのために富士太郎をかどわかしたのか。これまで考えたことがなかった。遺恨でも抱いているのか。それとも、なにか別の目的があってのことなのか。

山平伊太夫を捕らえ、自白させるか。

その手立てが手っ取り早いのは事実だが、得策でないような気がした。なにしろ、伊太夫には須賀蔵や船二という配下とおぼしき者たちがいる。

もし伊太夫が戻ってこない場合、樺山を殺して逃げるように須賀蔵や船二たちが命じられていても、不思議はない。

佐之助は両足を床下に滑り込ませ、持ち上げた畳を元通りにした。床板ももとの場所にはめ込む。気配を殺して床下を這いずり、佐之助は母屋の外に出た。

腰を伸ばして庭に立った。吹き渡る風が心地よい。

風呂に入りたいな、と佐之助は思った。汗や埃《ほこり》、蜘蛛の巣を洗い流したら、どんなにすっきりするだろう。

山平屋敷の敷地外に出て、向かいの武家屋敷の長屋門を見上げた。五歩ばかり横に歩いた佐之助は、門と長屋の切れ目になっているところを見つめた。

ひと呼吸置いてから切れ目に向かって手を伸ばし、長屋門の屋根へと猿《ましら》のように上がった。素早く屋根の上に腹這いになる。

ここなら、誰からも見とがめられることはない。あたりに長屋門以上に高い場所はないのだ。近くに杉の大木が立っているが、あれに登る者はいないだろう。明るいうちも人目を盗んでここに上がり、山平屋敷を監視していたのだ。

気づくと、いつしか風がやんでいた。ただし、顔に触れる大気は這いつくばるようにゆっくりと動いている。雨の気配は遠ざかり、大気は乾きはじめていた。

雲が切れつつある空には、いくつかの星が瞬《また》いている。

あたりに人けはない。夜明けまで、あと三刻というところか。

闇の中に目を光らせ、佐之助は山平屋敷をじっと見た。

眠気はまったくない。樺山のことを思えば、それも当たり前だろう。眠気など覚えているときではないのだ。必ず樺山を救い出すという一念で佐之助は動いているのだ。

身じろぎ一つせず、山平屋敷を見続けた。

だが、結局、伊太夫が帰ってこないまま夜が明けた。あたりは徐々に明るくなっていく。

――もう少し待てば戻ってくるか。

そう考えて、佐之助は長屋門の屋根から監視を引き続き行った。

山平屋敷の門が下男の手によって開けられた。佐之助が腹這っている長屋門も開いたのが音から知れた。

それからさらに半刻ばかり経過した。すでに眼下の道には、裃《かみしも》を身につけ、供を引き連れた侍が目につくようになっている。付近には、武家屋敷ばかりが建ち並んでいる。道を同じ方角に向かう侍たちは、これから千代田城に出仕しようとする者であろう。

その中に山平伊太夫の姿はない。

――これはどういうことなのか。

首をひねったが、佐之助の中で答えは出ない。今も伊太夫は樺山の監禁場所に詰めているのだろうか。それとも、別の場所にいるのか。

ふーむ、と佐之助としてはうなるしかない。

さて、どうするか。

日に焼かれつつここで伊太夫の帰りを待つだけというのは、あまりに芸がない。

なにか手を考えなければならなかった。

三

眠い。

もう何日、眠っていないのだろう。

かどわかされてから、ずっとだ。

今日でいったい何日たったのか。

今も、ろうそくの炎は揺れている。あの灯りが絶やされることは決してない。

それでも、とひどくぼんやりしている頭で富士太郎は思った。おいらは少しくらいは眠っているんじゃないかね。でないと、いくらなんでも体がもたないよ。

布団に横になってぐっすり眠ることができたら、どんなに幸せだろう。両腕を吊るされたまま、富士太郎はそれだけを夢見ている。

今は、少しでもうつらうつらすると、伊太夫の怒鳴り声と一緒に竹の棒が飛んでくる。肩や背中、腰に走る鋭い痛みで眠気が遠のく。

だが、それは一瞬のことに過ぎない。痛みの頂点を過ぎると、あっという間に眠気が戻ってくるのだ。

それでまたうつらうつらしはじめると、怒声とともに竹の棒でびしりと打たれる。一瞬だけ眠気が飛ぶ。

その繰り返しである。

「なあ、樺山」

竹の棒を手に、伊太夫がかすかに優しさを感じさせる口調で語りかけてくる。

「とっとと、一太郎の帳面のありかをいわぬか。そのほうが、楽ができるぞ。眠らせてやれるのだからな」

「何度もいっているけど、知らないものは答えようがないんだよ」

にじんだように見えている伊太夫の顔に向かって、富士太郎は吼《ほ》えるようにいった。

「まったくしぶとい野郎だな」

あきれたようにいった伊太夫が、ぱしん、と左手に竹の棒を打ちつけて苛立った顔を見せる。ふと、富士太郎の目に、伊太夫の中指が映り込んだ。

「ねえ、おまえのその指はいったいなんなんだい。珍しい指をしているね。どうして、中指が人さし指や薬指より短いんだい」

「うるさい」

手を隠すようにした伊太夫がまたも富士太郎を怒鳴りつけ、ぐっと顔を近づけた。今にも殴りつけんばかりに竹の棒を振りかざす。

「余計な口をきくな」

「なんだい、おまえ、その指が恥ずかしいのかい」

「うるさい」

竹の棒がうなりを上げ、びしっ、と富士太郎の左肩に食い込んだ。これまで最も強烈な一撃だ。うう、と痛みをこらえた富士太郎は顔を上げてあえいだ。

富士太郎の顎の下に、伊太夫が竹の棒を差し込んできた。富士太郎の顔が持ち上がる。

「帳面がどこにあるのか、早くいうんだ。おまえだって、これ以上、痛い目に遭いたくはないだろう」

「たとえば、うちの屋敷にあるといったら、おまえさん、どうするんだい。取りに行くのかい」

　ようやく痛みが引き、富士太郎はただした。

「屋敷にあるのか」

　顔色を変え、伊太夫が真剣な口調で問う。

「たとえば、っていっただろう」

「そのときは、なんとかするに決まっておろう。きさまが案ずることではない。いい加減、吐けっ。吐くのだっ」

　いきなり怒りが頂点に達したかのような顔つきになり、伊太夫が竹の棒を振ってきた。ばし、ばし、と続けざまに富士太郎を叩く。

　肩や背中、腰に続けざまに痛みが走る。

　痛い、痛いよ。

　耐えきれないよ。おいらは本当に死んじまうんじゃないか。

　智ちゃん。

　次々に襲いくる痛みの嵐の中、許嫁のことが富士太郎の頭に浮かんできた。心配そうにこちらを見ている。

　智ちゃん、もしかしたら、もう二度と会えないかもしれないよ。そんな弱気じゃ駄目ですって智ちゃんはいうかもしれないけど、おいらは本当に限界だよ。すまないね、智ちゃん。もう駄目だよ。

竹の棒で激しく打たれつつ、富士太郎は心で智代に謝った。闇に引き込まれる感じで、おのれの心が手のうちからこぼれていく。

「智ちゃんというのは誰だ」

竹の棒を宙で止め、伊太夫がそんなことをきいてきた。

はっ、として富士太郎は伊太夫を見直した。智代の名を出されて、意識がはっきりした。もう駄目だという気持ちも吹っ飛んでいった。

――おいらは、いま智ちゃんの名を口に出しちまったんだね。でも智ちゃんのおかげで生きる気力が湧いてきたよ。

「――ああ、そういえば、きさまの許嫁だったな。智代とかいうらしいな」

竹の棒を肩にのせて、伊太夫がにやりと笑う。顔だけでなく、全身にうっすらと汗をかいているようだ。この暑さの中、竹の棒を振りすぎたのだ。

――遣い手というけど、大したことはないようだね。直之進さんだったら、このくらいじゃ、汗なんてかかないものね。

でも、と痛みと眠気でぼんやりしている頭で富士太郎は思った。なんでこいつは智ちゃんのことを知っているのだろう。

——大事な智ちゃんを汚《けが》された気分だよ。まったく頭にくるね。

「俺がなにゆえ智代のことを知っているのか、不思議そうだな、樺山」

——こいつは、智ちゃんのことも呼び捨てにしやがったよ。この野郎め、あんなに清らかな女性をどこまで辱《はずかし》めれば気がすむんだい。

「俺は徒目付だぞ。おまえの許嫁のことなど、調べずとも耳に入ってくる」

またも伊太夫が顔を近づけてきた。

「帳面のありかをいわぬと、大事な許嫁を殺す。よいか、これは脅しではない」

「やめてくれ」

縛られた両腕を自在鉤に吊されている富士太郎は、身をよじって懇願した。縄が、ぎりぎりと音を立てる。

「許嫁を殺されたくなかったら、帳面のありかをいえ。いいか、俺は本気だぞ。いわねば本当に智代を殺す」

——どうすればいい。その気になれば、本当にこいつは智ちゃんを殺せるはずだよ。どうすれば帳面のことを思い出すことができるんだい。

うなりながら、富士太郎は必死に考えた。すぐに頭に引っかかることがあった。

「ちょっといいかい。前にもきいたけど、おいらがその帳面とやらを父上から譲られたって、誰から聞いたんだい」

ときを稼ぐためだけでなく、富士太郎は問うた。誰が伊太夫にそんな妙なことを吹き込んだのか、知りたくてならない。

だが、伊太夫は口を開こうとしない。ぎゅっと唇を引き結んでいる。

「ねえ、本当に誰に聞いたんだい。それを教えてくれたら、帳面のありかを思い出すかもしれないじゃないか」

哀願するように富士太郎はいった。

しかし、それも効き目はなく、なおも伊太夫は黙っている。

――いったい誰が、おいらがそんなものを持っていると、でたらめをいったんだろうね。でも、その言葉を伊太夫は信じているんだ。信用に値する者から教えられたとしか考えようがないね。もしかして、伊太夫の背後にはやっぱり誰か糸を引いている者でもいるのかな。

富士太郎は、そんな気がしてきた。

――その誰かこそが、父上の帳面を欲している黒幕なのではないか。だとしたら、父上の帳面は本当にあるのかもしれないよ。

「――よし、樺山、わかった」

決意をにじませた顔をこちらに向け、伊太夫が口を開いた。

「誰が帳面のことをいったか、教えてやろう。与力の荒俣だ」

「なんだって」

自在鉤に吊されたまま、富士太郎は跳び上がりそうになった。

荒俣土岐之助は、富士太郎直属の上役である。篤実《とくじつ》な人柄の与力で、富士太郎は深い信頼を置いている。

富士太郎が身動きしたために、再び縄がぎしぎしと音を立てた。

「信じられない……」

富士太郎はつぶやいた。これは、なにかのまちがいではないか。きっとそうに決まっている。

「きさまの気持ちはわからぬでもない。信じる、信じぬ、はきさまの勝手だ。だが、俺は嘘をついておらぬ」

「まさか荒俣さまを脅してきき出したんじゃないだろうね」

「そんな真似はせぬ。するはずがなかろう」

「だったら、どうやってきき出したんだい」

「別に無理矢理きき出したわけではない。あの男が酒の席で、帳面のことをべらべらとしゃべったに過ぎぬ。やつは、一太郎から帳面のことを聞かされていたらしいな」

もし北国米汚職の真実を記した帳面が本当にこの世にあるのなら、父上は土岐之助にそのことについて話したかもしれない。いや、土岐之助だけには話したにちがいないのだ。

だが、かたく口止めされたはずの帳面のことをいくら酒が入っていたとはいえ、土岐之助が伊太夫にしゃべってしまうとは思えない。

「信じられないね。荒俣さまがおまえなんかに話すもんかい」

「俺に話したわけではない」

「だったら、荒俣さまは誰に話したんだい」

つまりは黒幕ということか。

「——樺山、誰が帳面について話したか、俺はちゃんといったぞ。今度はきさまの番だ。とっとと帳面のありかを吐け」

うーん、と富士太郎は胸中でうなり声を上げた。それがわかれば苦労しないのだ。いくら考えても父上は帳面のことなど、一度もいっていなかったのだ。

——荒俣さまから、帳面について、なにかいわれたことはなかったかな。

目を閉じて富士太郎はこれまで以上に真剣に頭を巡らせてみた。

——そういえば。

ふと脳裏によみがえったものがあった。

——父上が亡くなったとき、荒俣さまにいわれて番所の文机に形見を一つ入れたことがあったね。常に目に入るところに置くようにって。置いたこと自体、もう失念しちまっていたけどさ。でも、あれは帳面なんかじゃないよ。巻物だよ。あれに、まさか北国米汚職の顛末《てんまつ》が記されていたわけではないよね。あの巻物には北国米汚職のことなんか、書かれてやしなかったよ。

あの巻物の中身は、と富士太郎は思った。

——町方としての心得がつらつらと記されたものに過ぎないんだからね。もしかして、そうと見せかけてあの巻物には符牒《ふちょう》やら隠語などが用いられているのかな。そうかもしれないね。

富士太郎はちらりと伊太夫に目をやった。

——だったら、巻物をこいつに渡すわけにはいかないよ。もし巻物がこいつのほしがっている物だったら、おいらは殺されちまうかもしれないしね。でも、符牒やら隠語やらが使われているんだったら、こいつにも黒幕にも読み解けないんじゃないかね。そうだよ、そんなに頭がいい連中じゃないよ。今は渡しておいて、また取り戻せばいいじゃないか。北国米汚職について真実が書かれているのだったら、なんの不都合もないじゃないか。いったい誰が損するっていうんだい。

そこまで考えて、富士太郎は思い直した。

——ああ、そうか。元勘定奉行の上畑大膳に腹を切らせず、天守番に回した者がいるんじゃないか。つまり、上畑大膳に手心を加えた者が罰せられることになるのかな。

それは、今も現役の目付である安芸島伊豆守か、青山外記ということか。

「——思い出したか」

富士太郎の顔つきを見て、伊太夫がきいてきた。期待に胸躍らせている表情だ。

徒目付にしては、と富士太郎は思った。

——こいつは、思いを顔に出しすぎだね。こんな男がどうして徒目付を拝命したんだろうね。誰かの後押しがあったのかな。やはり黒幕が肩入れでもしたのかね。うん、きっとそうにちがいないよ。

「もしかしたらだけどね」

伊太夫を見て富士太郎は告げた。

「よし、樺山、いうんだ。帳面はどこにある」

勢い込んで伊太夫がたずねる。

「番所の詰所の文机だよ」

さらりと富士太郎はいった。

「文机の中か」

どうやって取りに行くか、伊太夫は思案をはじめたようだ。

「でもいっておくけど、文机にあるのは帳面ではなくて巻物だよ」

「ほう、巻物だったのか……」

光を浴びたように伊太夫の顔が輝いた。すぐに表情を引き締める。

伊太夫を見つめて富士太郎は続けた。

「だけど、その巻物は北国米の一件のことなんか、一言も触れてないよ。それでよかったら、取りに行くんだね」

「樺山、書き物で一太郎から譲られたのは、その巻物だけなのだな」

「そうだよ。何度もいうけど、おいらは帳面なんか、一度たりとも見たことないよ」

わかった、と伊太夫がいった。

「樺山、今から番所に行ってくる。もし巻物がなかったら、ただではおかぬぞ。覚悟しておけ。本当に智代を殺すからな」

いい捨てた伊太夫が土間を横切り、戸を開けた。わずかな明るさがにじみ出すように小屋の中に入り込んできた。外からは、数羽の鳥のさえずりが聞こえてくる。

──朝がきたのか……。まだ夜明けといったところのようだね。とにかく、これで眠ることができるね。

ほっとし、富士太郎は目を閉じようとした。

伊太夫と入れちがうようにして、須賀蔵が小屋の中に入ってきた。ほかの三人の荒くれ者の姿はない。

須賀蔵は眠そうな顔をしているが、これはむしろ、たっぷりと睡眠を取った証《あかし》ではないだろうか。

須賀蔵を目の当たりにして、富士太郎は悪寒《おかん》を覚えた。

——巻物のことをしゃべったっていうのに、まだ眠らせてもらえないなんてことは、ないだろうね。

「おまえを決して寝かすなと、今いわれた」

富士太郎のそばに来て須賀蔵がいった。

なんだって。気力をすべて吸い取られるような絶望を富士太郎は感じた。

「頼むから、眠らせておくれよ。おいらは、ちゃんと話したんだからさ」

「巻物とやらが本物かどうか、はっきりするまでは起こしておけとよ」

冷たく須賀蔵が告げた。

「須賀蔵、情けをおくれよ。おまえも人なんだろう。おまえにも母親はいるんだろう」

むっ、と須賀蔵が詰まる。おや、と富士太郎は心の中で目をみはった。

——母親のことは意外に須賀蔵に効くようだよ。

「須賀蔵、頼むよ。おいらをおまえさんの母親だと思って、寝かせておくれよ。後生《ごしょう》だからさ」

幼子のように口を尖らせて須賀蔵がなにかいおうとした。

そのとき、外からこれまで聞いたことのない者の声が聞こえてきた。

「──吐いたのか」

ずいぶん横柄な感じの声音だ。おや、という感じで須賀蔵も耳を澄ませている。

頭巾でもしているのか、声はくぐもったような感じで聞き取りにくい。

「はっ、存外にしぶとく、難儀いたしましたが、なんとか吐かせました」

これは伊太夫の声だ。ずいぶん丁寧な口調になっている。もう一人のくぐもった声に比べたら、ずいぶん明瞭に耳に届く。

「どこにあるといった」

低い声が問う。

「番所の文机の中だそうです。巻物だそうですが」

「巻物だと。話がちがうな。まあいい。山平、今から取りに行くのか」

「はっ、そのつもりでおります」

「うまくやれ」

「はっ、お任せください」

この低い声の持ち主こそ、すべての黒幕だろう。

なんとかして顔を見たい、と富士太郎は強烈に願った。

しかしながら、二人の会話はそれきりだった。伊太夫と黒幕らしい男の声は二度と聞こえてこなかった。遠ざかっていく二つの足音が、わずかに耳を打つ。

「須賀蔵、今のは誰だい」

期待を抱いて富士太郎は須賀蔵にきいた。

「知らねえ」

素っ気なく須賀蔵が答える。

「おまえさん、伊太夫に、あれが誰なのか聞いていないのかい」

「ああ、聞いてねえ」

「ほかの三人も同じかい」

「俺が聞いてねえんだ、あとの三人も同じに決まってる。伊太夫さんは、なにも教えてくれねえんだ。今の人の顔や姿すらも、見ることを許してくれねえからな」

――伊太夫はそこまでしているのか。ずいぶん警戒しているんだね。本当に何者だろう。

「今のは侍かい」

「だと思うがな。しかし、それだって見たことがねえから、はっきりしねえ」

徒目付がそこまで気を使う相手というのは、いったい誰なのだろう。

徒目付の上役は徒目付頭だ。

その上には目付がいる。

おそらくそのあたりの者ではないか。富士太郎は目星をつけた。

とにかく、と決意する。くぐもって聞き取りにくかったけれど、今の声を決して忘れないようにしなければならない。

その決意をしたのも束の間、すぐに眠気が富士太郎を襲ってきた。

「寝るんじゃねえ」

手を伸ばしてきた須賀蔵に顔をつかまれ、富士太郎は無理矢理に目を開けられた。

焦点が合わず、ひん曲がったろうそくが三重くらいになって目に飛び込んできた。

「やめろっ」

富士太郎は怒鳴ったが、須賀蔵にはなんの効き目もない。

「やらなきゃ俺が叱られるんでな。それに、伊太夫さんからは、自分がもし帰ってこなかったら、おめえを殺すようにもいわれている」

なんだって、と富士太郎は思った。

「俺が捕まったと思い、樺山を殺せ、だとよ。伊太夫さんの言葉だ」

「おいらを殺すだなんて、そんなひどいことしたら、おっかさんが泣くぞ。いや、今も泣いているに決まっているよ」

「俺のおっかさんなんか、とっくの昔にあの世に逝《い》っちまったよ」

「草葉《くさば》の陰で泣いてるよ」

おっ、という感じで須賀蔵が富士太郎の顔から手を放した。

「前からききたかったんだが、草葉の陰って、なんのことだ」

「墓の下って意味だよ」

頭を振って富士太郎は答えた。ろうそくは三重から二重になった。

「墓の下だと。そんなところからじゃ、俺のことが見えるわけねえ」

「あの世に行った人には、墓の下からでも見えるんだよ。今からでも遅くはないから、須賀蔵、改心しな。おいらが口を添えてやるから、罪も軽くなるよ」

「うるせえ」

いきなり富士太郎は頬を平手で張られた。ばしっ、と音がし、目の前が真っ暗になった。

眼前の暗黒の幕は、なかなか取り払われなかった。このまま目が見えなくなるんじゃないのか、という恐怖に全身が冷えたが、すぐにろうそくの炎が見えはじめた。

「おめえが、そんなことをいうだろうから注意するようにって、伊太夫さんからいわれてるんだ。そんなときは容赦せずに殴れってな」

くそう、と富士太郎は唇を嚙んだ。どこまで用意周到なんだろう。

と思ったら、また眠気が襲ってきた。

「寝るな」

須賀蔵が、がっ、と富士太郎の顎をつかみ、剛力でぎりぎりと締め上げる。いたた、という声が富士太郎の口から漏れ出た。

「もう目が覚めたよ。だから、寝ないよ。須賀蔵、やめておくれよ」

「よし、いい子だ」

富士太郎の顔をのぞき込んだ須賀蔵がにやりと笑い、顎から手を離した。

ふう、と富士太郎は目をぱちりと開けた。こんな痛い目に遭うくらいなら、やはり眠気をこらえているほうがずっといい。

よし、がんばるよ。きっと直之進さんたちが助けに来てくれるさ。もう、すぐ近くまで来ているんじゃないかな。

それを一縷《いちる》の望みとして富士太郎は、落ちそうになるまぶたを必死に持ち上げ続けた。

四

長屋門は開いている。

いつ見ても、この町奉行所の大門は立派としかいいようがない。十万石の格式を持つ大名家の屋敷門と同等のものだから、それも当然であろう。

二人の門衛が立ち、こちらを見ている。夜が明けてまだ間もない刻限にやってきた徒目付を目の当たりにして、二人とも少し驚いた顔つきをしている。

だが、徒目付は神出鬼没といっていい。どこにでもあらわれるのだ。驚かせはしたが、妙だとはこの二人も思っていないだろう。

「失礼する」

会釈して伊太夫は門衛の横を通り過ぎた。

長屋門の屋根で陽射しがさえぎられる。すぐ右手に長屋門の長屋に通じている出入口がある。伊太夫はそこに身を入れた。

この先に町方同心の詰所があるのだ。

さすがに誰もいないが、胸がどきどきする。

落ち着け。

自らにいい聞かせる。なにも起きていないのに気持ちを高ぶらせてどうするというのだ。

閉まっている戸を開け、伊太夫は詰所に足を踏み入れた。

どきりとした。そこに人がいたからだ。雑巾《ぞうきん》を手に持ち、一人の若い小者が詰所の掃除をしていた。

「あっ」

声を上げたのは、その小者である。動揺したが、それをかろうじて押し隠し、

「おはよう」

伊太夫は快活な声を放った。

「お、おはようございます」

あわてて小者が頭を下げた。詰所に入ってきた侍が誰か、ようやくわかったよ

うだ。

「精が出るな」

にこりと笑って伊太夫は足を進めた。

「は、はい」

「樺山どののことで、ちょっと調べに来た」

「ああ、さようでございますか」

小者は合点がいったような表情になった。

「樺山どのの机はこれだったな」

一台の文机の前に立ち、伊太夫は小者にたずねた。

「さようにございます」

「失礼する」

一礼して正座し、伊太夫は文机を見つめた。この文机には引出しは一つしかついていない。それを静かに開けた。

むっ。我知らず伊太夫は顔をしかめていた。

——ない。

引出しの中は空っぽなのだ。誰かが巻物を持ち出したのか。そうかもしれない。

むろん、富士太郎が嘘をついたとも考えられる。そちらのほうがずっと考えやすい。

あの野郎、やってくれたな。

歯を食いしばった伊太夫は富士太郎を心中でののしった。

望み通り、智代という女を殺してやる。

引出しを閉じ、伊太夫は荒々しく立ち上がった。

「どうされました」

伊太夫の所作に驚いたのか、小者が声をかけてきた。

「うん、いや、なんでもない。探し物がなかっただけだ」

「探し物でございますか」

「樺山どのの居どころにつながるかもしれぬ探し物だ。残念ながら、おぬしには
それがなにか教えられぬのだが」

「あの、山平さま」

腹を据えたように小者がきいてきた。

「樺山さまはいかがでございましょう。見つかりそうでございますか」

「見つけるに決まっている」

強い口調で伊太夫はいった。

「どうか、お願いいたします。御番所の誰もが樺山さまのご無事を祈っておりま
す」

「おぬしも、樺山どのの探索には加わっているのであろう」

小首をひねって伊太夫はきいた。

「いえ、手前は加わっておりません。吟味方《ぎんみかた》のほうの小者でございますから」

「吟味方の者が、町方同心の詰所の掃除をしているのか」

「はい、こんなことしかお役に立てないものでございますので。樺山さまが無事
に戻っていらしたとき、きれいな詰所で出迎えたいと思いまして……」

「そうか」

樺山という男はずいぶん慕われているのだな、と伊太夫は思った。吟味方の小
者にここまで思われる町方同心など、そうはおるまい。

正直、伊太夫は富士太郎のことがうらやましかった。

いや、今はそんな場合ではない。いったん樺山のところに戻らなければなら
ぬ。

智代のことはそのあとだ。

「では、これでな」

笑みを浮かべて、伊太夫は小者に別れを告げた。

「はい、失礼いたします」

「ああ、そうだ」

足を止め、伊太夫は小者を見つめた。小者が体をかたくし、顔をこわばらせた。

「ここに俺が来たことは、誰にもいわずにいてくれぬか。樺山どのを助けるため、俺は隠密仕事をしている。少しでも動きが漏れては、まずいのだ」

「承知いたしました。誰にも話しません」

律儀そうな顔で小者がきっぱりといった。

「よろしく頼む」

小者を瞬きのない目で見据えてから、伊太夫は同心詰所をあとにした。

じき夜明けだ。

五

まだあたりは闇に包まれたままだが、東の空がうっすらと白みはじめている。

それを見て琢ノ介がつぶやくようにいった。

「明け六つだな」

どこからか鐘の音が聞こえてきた。最初に捨て鐘が三つ打たれ、そのあとに六回、鳴らされた。ほぼ同時に別の場所からも時の鐘の音が聞こえてきた。

二つの鐘の音は糸を引くように伸び、やがて消えていった。

「二つともなかなかいい音色でしたね」

小さな笑顔で珠吉がいった。

「一つは上野の鐘でしょう。もう一つは目白不動《めじろふどう》の鐘ですかね」

「おそらくそうだろう」

歩きつつ直之進は同意した。すでに目的の地である田端村《たばたむら》は目に入ってきている。このあたりは二つの鐘の音が聞こえてくるのだ。

田舎道をしばらく歩いて、直之進たち三人は足を止めた。

「頼もう」

目の前のがっちりと閉まっている門に向かって、直之進は訪いを入れた。

「どちらさまでしょう」

門脇の小窓が開き、男が目をのぞかせた。直之進が名乗ろうとしたら、門内の男が声を上げた。

「あっ、湯瀬さま」

直之進はこの別邸には数えきれないほど足を運んでいる。門内の男は直之進のことを知っているのだ。

「登兵衛《とうべえ》どのに会いたい。いらっしゃるか」

「はい、いらっしゃいます。いま開けますので、お待ち願えますか」

くぐり戸のさるが外される音がした。くぐり戸が開き、顔を突き出した男がどうぞ、と直之進たちをいざなった。

「失礼する」

くぐり戸を抜け、直之進たちは敷地内に足を踏み入れた。男がくぐり戸を閉め、さるを下ろした。登兵衛の配下だけあって、いかにも敏捷《びんしょう》そうな感じの男だ。

男の案内で打ち水のされた敷石を踏んで母屋に入り、直之進たちは玄関で雪駄を脱いだ。

「どうぞ、こちらに」

男の案内で客間に入った。三人そろって正座する。

「ただいまあるじを呼んでまいります」

男が襖を閉じて出ていく。

「失礼します」

ほどなくして襖が開いた。ただし、やってきたのは登兵衛ではなかった。先ほどの男である。

「お茶をお持ちいたしました」

男は手際よく三つの湯飲みを茶托の上に置いていく。

「すぐにあるじはまいります」

一礼して男が出ていった。

どこか和四郎《わしろう》に似ているな、と直之進は思った。探索の最中、登兵衛の手下だった和四郎は命を落とした。あまりに急な出来事だった。和四郎を失ったときの悲しみ、無念さは、仇を討った今も直之進の中で薄れていない。

もともとぬるくいれてあるらしい茶で喉を潤した。こくがあって、実にうまい。疲れが抜けていくような心持ちになる。

「失礼します」

襖が開き、登兵衛が顔を見せた。真顔で直之進たちを見て破顔する。すぐに表情を引き締めて、客間に入ってきた。直之進たちの前に端座する。

登兵衛は勘定奉行の枝村伊左衛門《えだむらいざえもん》の配下である。直之進とは、これまでいくたびもの探索仕事で、ともに死地をくぐり抜けてきた仲だ。

「樺山さまのことでいらしたのですね」

前置きせずに、登兵衛がいきなりきいた。

「その通りだ。富士太郎さんはまだ見つからぬ。登兵衛どの、我らに力を貸してくれぬか」

「承知いたしました。なんなりとおっしゃってください」

真摯にいって登兵衛が直之進を見つめる。

「徒目付の山平伊太夫について知りたいのだ」

「わかりました」

一瞬のためらいもなく登兵衛が請け合った。

「調べてまいりますので、こちらでお待ち願えますか」

直之進たちはうなずいた。それを見て登兵衛が客間から姿を消した。

一刻ほど直之進たちは待った。

登兵衛が客間に戻ってきた。

「長いあいだ、お待たせしました」

冷静な顔でいい、登兵衛が直之進たちを見回した。

「徒目付の山平伊太夫どのでしたね」

一応、確かめるように登兵衛がきいてきた。

「その通りだ」

直之進は深く顎を引いてみせた。登兵衛が懐から帳面を取り出した。それをそっと開いて目を落とす。

「山平伊太夫どのは、歳は三十五。十年前、父親で反物卸商の弥丸屋のあるじだった弦之丞に山平家の株を買ってもらい養子入りし、そのあとすぐに妻を迎えました。その妻は五年前に病死しています。子はありません。二年前に徒目付になっています」

少し間を置き、登兵衛が続ける。

「徒目付としては辣腕で、調べに容赦がないことで知られているようですね。剣の達人という評判にございますよ」

そうですか、と直之進はいった。

「実は登兵衛どの、その山平伊太夫こそが富士太郎さんのかどわかしに関わっていると俺たちはにらんでいるのだ」

「さようでございましたか」

息を大きく吸い、登兵衛がうなずいた。

「まだ証拠はなにもない。山平伊太夫というのは、富士太郎さんにうらみを持つ者だろうか」

直之進は登兵衛に問いをぶつけた。

「樺山さま絡みだろうからと、そのことも合わせて調べてみましたが、樺山さまとは、御番所で顔をつき合わせるのがせいぜいで、うらみなど持ちようがないのではないか、と手前は勘考《かんこう》いたしました」

「では、日常にも変わりがないと」

「はい。山平伊太夫は休むことなく、ちゃんと出仕しているそうにございます。毎日、樺山さまの事件を追っているようですね。出仕の刻限前には必ずやってきて、働きはじめているそうにございますよ」

「そうなのか」

しばしのあいだ直之進は考えに沈んだ。

「三日前の昼、富士太郎さんはかどわかされた。その日、伊太夫がなにをしていたかわかるか」

登兵衛が帳面をじっと見た。

「その日は、休みを取っております。ただし、三日前に山平伊太夫がなにをしていたか、そこまではさすがに調べはついておりません」

それは仕方あるまい。だが、三日前のその日、伊太夫は富士太郎のかどわかしを実行していたに相違あるまい。

「これはきっとお役に立ちましょう」

懐に手を入れた登兵衛は、もう一通の折りたたまれた紙を直之進に手渡してきた。開いてみると人相書だった。

「これは、山平伊太夫の人相書か」

「さようにございます」

「助かる」

実をいえば、人相書がほしいと思っていたのだ。感謝の言葉を口にして、直之進は伊太夫の人相書を凝視した。

細い目は鋭く、顎がせまい。うすい唇は引き締まり、どこか意志の強さを感じさせるものがある。

——この男が富士太郎さんをかどわかしたのか。

むろん証拠はなにもない。伊太夫が富士太郎にうらみを持っているとも思えない。智代が一色屋の娘で、実家の弥丸屋が取引を切られたことをうらみに思い、意趣返しをしようとしているのだろうか。

だが、それも考えにくい。

となると、誰かに頼まれて富士太郎をかどわかしたのか。

——そうかもしれぬ。

「では登兵衛どの、俺たちはこれで失礼する」

「手前どもも、いま樺山さまの行方を追っております」

「そうだったか。それは知らなかった。登兵衛どの、感謝する」

直之進だけでなく琢ノ介と珠吉も頭を下げた。

「いえ、これまでに樺山さまにはとてもお世話になっています。せめてもの恩返しに力を尽くすのは、当たり前でございます」

「かたじけない」

田端村の登兵衛の別邸を出た直之進たち三人は、一路、八丁堀を目指した。

半刻ほどで樺山屋敷に入る。

田津と智代はどこにも出かけることなく、屋敷にいた。二人ともさすがに憔《しょう》悴《すい》の色が濃かったが、直之進たちの顔を見ると、わずかに生色《せいしょく》を取り戻した。

「こちらを見てくれるか」

客間で田津と智代と向き合った直之進は伊太夫の人相書を懐から取り出し、田津に手渡した。

手に取り、田津がじっと人相書に目を当てる。火がつくのではないかと思えるほど、強い眼差しで人相書を見つめている。やがて顔を上げ、直之進を見た。

「富士太郎に声をかけてきたのは、この男のような気がします」

大きく顎を動かして田津が続けた。

「頭の中で、この顔に頭巾をかぶせてみました。どこか酷薄そうなこの小さな目が、富士太郎に声をかけてきた者と同じとしか、わたくしには思えません。わたくしは、この人相書の男が富士太郎をかどわかした者だと確信しています」

「そうか。やはりな」

「この人相書の男はなんというのですか」

すがるような目できいてきたのは、智代である。

「山平伊太夫だ」

「さようですか」

「智代どのが知っているかはわからぬが、反物卸しの弥丸屋の三男だ」

「えっ、弥丸屋さんの……」

「知っていたか」

「はい。弥丸屋さんは存じています。まだ私が十にもならない昔のことですが、お茶の会に呼ばれて、おとっつぁんと一緒に行った覚えがあります」

「お茶の会か」

なにか手がかりをつかんだような心持ちに直之進はなった。口入屋の笠井屋のあるじ矢之助は、自分が周旋した三軒の別邸のこと以外は知らなかったが、他にもどこかにあるのではないか。何十年も前に弥丸屋が入手しており、今はほとんど使われていないとしたら、矢之助が知らぬのも無理はないのではないか。

「その茶会は弥丸屋の別邸で行われたのか」

「そうだと思います。確か、谷中《やなか》のほうでした。寛永寺が近くに見えておりました」

直之進が権門駕籠の行方を追ったときに、駕籠を目にした者がまったくいなくなったのも寛永寺の近くだった。

「谷中というと寛永寺の北側か。智代どの、その別邸の場所を覚えているか」

「はい、なんとなくですか。行けばわかると思います」

「すまぬが、俺たちを連れていってくれぬか」

「わかりました」

「あの、わたくしも一緒に行ってよろしいでしょうか」

顔をすっと上げて、田津が申し出る。

「もちろんだ」

直之進は快諾した。ただし、と釘を刺すのを忘れない。

「必ず俺のいうことを聞くように。勝手な真似は慎んでほしい。田津どの、それが守れるか」

「もちろんでございます」

その返事を聞いて直之進はにこりとした。

「よし、ではまいろう」

直之進たちは総勢五人で樺山屋敷を出た。

上野を目指し、足早に歩き進む。

田津と智代という足弱が二人いるが、その二人が直之進たちを引っ張るように歩いているのだ。

この二人がどんな気持ちで屋敷にいたか。

二人は一刻も早く富士太郎の無事な顔を見たくてならないのだ。

その思いは直之進もよくわかる。自分も同じだからだ。富士太郎の人なつこい笑顔をこの目で早く見たくてならない。待っててくれ、富士太郎さん。必ず救い出すゆえ。

自然に皆の足は速くなっている。

先頭を行く智代が足を止めた。

「確か、あれではないかと思います」

智代が半町ばかり離れた家を指さした。いま直之進たちがいる場所からは、寛永寺の広大な杜を南側に望むことができる。谷中あたりか、畑が多い。百姓家は散見できるくらいで、まとまった家屋はない。

「山平伊太夫はあそこにいるかな」

別邸を見つめて琢ノ介がいう。

「いる」

直之進は断言した。

「必ずいる」

「わかるか」

「わかる。いやな気配がしている」

「それは山平の気配か」

「おそらくな」

「富士太郎の気配は感じるか」

「ああ、感じる。はっきりとな」

田津と智代のためについた嘘ではない。実際に、妙に若々しくてまっすぐな気が届いているのだ。

これが富士太郎の気でなくてなんだというのだ。富士太郎は生きている。そのことがわかって、直之進の胸に喜びが満ちた。

「田津どの、智代さん、ここで待っていてくれるか。必ず富士太郎さんを連れてくるゆえ」

直之進は、田津と智代を左手にあるちっぽけな稲荷社に連れていった。

「俺たちを信じてくれるか」

「信じます」

「湯瀬さまたちのことは、深く信頼させていただいています」

田津が深くうなずき、智代がはっきりといいきった。

「かたじけない。では、行ってくる」

顎を引いてみせて、直之進は琢ノ介と珠吉に大股に歩み寄った。

「よし、行くか」

「ああ、行こう。だが直之進、佐之助はよいのか」

「いてくれたら千人力だが、今は仕方あるまい。おそらく御弓町の山平屋敷に今も張りついているのだろう」

「呼んできましょうか」

直之進を見つめて珠吉がいった。

「いや、ときがかかりすぎる。三人で飛び込めば、なんとかなろう」

「わかりやした。湯瀬さま、米田屋さん、まいりやしょう」

珠吉は覚悟を決めたような顔になっている。

歩き出した三人は宏壮さを感じさせる別邸らしい屋敷をまっすぐ目指した。

ふと背中に目を感じ、直之進は振り向いた。田津と智代の二人が祈るような眼差しを送っていた。

直之進は、大丈夫だ、という意味でうなずきかけた。二人から、よろしくお願いします、というようにうなずきが返ってきた。

別邸の敷地はかなり広い。千坪近くは優にあるのではないか。敷地のぐるりを塀が巡っている。

塀が崩れかけているところに直之進たちはやってきた。

邸内をのぞくと、生垣に取りつけられた枝折戸の先にどっしりとした感じの造りの母屋が見えている。そのそばに物置小屋のようなものがちんまりと建っていた。

あそこに富士太郎さんはいるのではないか。気がそこから発せられている。

「ここから入ろう」

琢ノ介が押し殺した声でいった。

「よかろう」

塀を越える前に直之進は別邸内の気配を嗅いだ。いやな感じの気配も小屋の中からきているような気がする。

つまり、と直之進は思った。富士太郎さんと伊太夫はいま一緒にいるのだ。ほかに人の気配がしているのは、母屋のほうだ。三人以上いるような気がする。おそらく、須賀蔵や船二たちだろう。

「琢ノ介、おぬしに母屋のほうを任せる。よいか」

「ああ、任せておけ」

胸を叩くように琢ノ介が請け合う。やる気満々である。

「得物はどうする」

「そこらで木刀のかわりを見つけるさ」

「腕は落ちておらぬか」

気になって直之進は確かめた。

「落ちたかもしれぬが、母屋のほうは駕籠かきどもだけだろう。ちがうか」

塚ノ介に怯《ひる》んだ様子はまったくない。

「その通りだ。よくわかるな」

「わしに任せるということは、大して手強《てごわ》い者がいないということだろう」

「うむ、まあ、その通りだ」

塚ノ介は余裕の笑みを見せている。これならきっと大丈夫だ。やられるようなことはあるまい。

「珠吉は俺のあとについて来てくれ。俺が伊太夫と戦っている最中、富士太郎さんを救い出してほしい。やれるな」

「もちろんですよ」

珠吉が大きくうなずいた。

塀を越え、直之進たちは敷地内に忍び込んだ。手入れがされていない庭だ。人がほとんど来なくなって久しいのだろう。

「では、ここでな」

ささやいて塚ノ介が母屋に向かっていく。すでに手頃な棒を手にしていた。

直之進も両刀の鯉口《こいぐち》を切った。足音を殺して珠吉とともに物置小屋に近づいていく。

あと半間で小屋の戸口というところまで来たとき、いきなり中から叫ぶような声が聞こえてきた。

「おいらは知らないよ。巻物は確かに文机に入れたんだ。なかったというんなら、誰かが持っていったにちがいないんだよ」

富士太郎の声だ。富士太郎がなににについていっているのかわからないが、とにかく生きていた。

事前にわかっていたものの直之進の胸は感動に打ち震えた。珠吉も感極まったような顔をしている。

そのとき、ばしん、ばしん、と竹刀で体を打つような音が響いてきた。富士太郎の悲鳴が直之進の耳を打つ。

直之進は我に返った。

「行くぞ」

珠吉に声をかけて直之進は物置小屋の戸を蹴破った。

戸と一緒になだれ込む。

目の前に一人の侍と、縄で両手を縛られ、自在鉤につり下げられた富士太郎がいた。

「何者っ」

侍が竹の棒を捨て、腰の刀を引き抜いた。

「きさまか、亡骸が見つかったと富士太郎さんをたばかった者は。おまえが山平伊太夫だな」

伊太夫は、なにっ、という顔をしている。なぜばれたのか、わからないという顔だ。

「刀を捨てろ」

伊太夫が刀尖《とうせん》を富士太郎の首に添えた。

「樺山を殺すぞ。いいのか」

「殺させるか」

直之進は腰の脇差を引き抜き、棒手裏剣《ぼうしゆりけん》のように素早く投げた。

脇差はまっすぐ伊太夫に向かっていく。伊太夫が刀を使って脇差を弾く。

そのときには直之進は伊太夫に向かって突進をはじめていた。

渾身の斬撃を見舞う。もちろん、峰は返している。

だが、ひらりと横に跳んで伊太夫がよけた。

すす、と足を運んで直之進は伊太夫との間合を詰めた。

伊太夫が離れた隙に、珠吉が富士太郎に飛びつく。

「旦那っ」

「珠吉っ」

「生きていましたかい」

「当たり前だよ。こんなところでくたばってたまるかい」

富士太郎の元気な声を耳にした直之進は、再び刀を振り下ろした。

それも伊太夫がよけた。体勢を立て直すや、直之進に斬りかかってきた。

直之進は余裕綽々《よゆうしゃくしゃく》でその刀を弾き返し、伊太夫が体勢を崩したところを狙って腹に刀を打ち込むつもりだった。そこまで絵がはっきり描けていた。

しかし、伊太夫の刀がおかしな動きを見せた。直之進に向かってまっすぐ振り下ろしてきたはずなのに、蛇が飛びかかってくるように切っ先が変化したのだ。ぐにゃりと刀身が曲がったように見えた。

――なんだ、これは。

さすがの直之進も面食らった。咄嗟《とっさ》に後ろに跳ね飛ぶ。

手元に刀を引き戻した伊太夫が着物の裾をひるがえした。板壁に向かって突っ込んでいく。ばきゃん、と音がし、木っ端《こっぱ》が吹っ飛んだ。壁がなくなり、向こう側の景色が見えていた。伊太夫が庭を走り出している。

すかさず肩に刀を置き、直之進は追った。

伊太夫が塀を越える。数瞬のちに直之進も乗り越えた。

道に飛び降りる。伊太夫は南に向かっている。寛永寺の方角だ。

人けのほとんどない道を直之進は走った。伊太夫の足は速い。しかし、どういうわけか伊太夫が立ち止まった。刀を鞘《さや》にしまったのだ。そして、再び走り出した伊太夫がいきなり寛永寺の境内に入り込んだのが見えた。

刀を抜いたまま寛永寺の境内に入れば、曲者《くせもの》として僧侶たちが騒ぎ出すかもしれない。直之進は走りながら納刀した。

門をくぐって寛永寺の境内に走り込んだ。

子院《しいん》や堂宇《どうう》など数え切れないほどの建物が視野に入っている。しかし、伊太夫の姿はどこにもない。消えていた。

目を閉じ、直之進は気配を探った。

だが、あのいやな気を感じ取ることはできない。

くそう。

直之進はほぞを噛んだ。

取り逃がしてしまった。地団駄《じだんだ》を踏むしかない。もしこれが倉田だったら、と直之進は思った。こんなしくじりはしないだろう。

珠吉のいう通り、佐之助に来てもらえばよかったか。

それをしなかったのは、富士太郎の身になにかあってはならないと気が急いていたのと、佐之助に負けたくないという気持ちがあったからにちがいないのだ。

男の嫉妬《しっと》というやつだろう。

俺は馬鹿者だな。

体を返して直之進は寛永寺の境内を出た。

富士太郎のもとに駆け戻った。

四人の荒くれ者には、琢ノ介が縄を打っていた。

「直之進、どうした。浮かぬ顔ではないか」

「逃がしてしまった」

「なんだ、そうか」

にかっと琢ノ介が笑う。

「気にするな、直之進。山平伊太夫は悪党だ。すぐに捕まる。遅いか早いか、その差でしかない」

　琢ノ介のいう通りだとは思うが、いま捕まえておいたほうがいいに決まっている。

「直之進さん」

　声がかかったと思いきや、富士太郎がいきなり飛びついてきた。重かったが、直之進は耐えた。このくらい、富士太郎の積み重ねた苦労に比べたらなんだというのだ。

「よかったな、富士太郎さん」

「はい、直之進さんたちのおかげです」

　富士太郎は泣き顔になっている。直之進の肩や胸にあたたかいものが、ぽたりぽたりと落ちてきた。

「信じていました。必ず直之進さんが助けに来てくれるって。直之進さんが戸を破って入ってきたとき、一瞬、夢を見ているのかと思いましたよ」

「夢でなくてよかったな」

「はい、本当に」

　とにかく、と直之進は思った。こうして富士太郎さんは無事に助け出した。今はそれでよしとするしかない。

「富士太郎」

田津の声がした。見ると、珠吉が連れてきたのか、田津と智代が立っていた。

「母上」

田津の横には智代がいた。田津も智代も目を潤ませている。

直之進から離れ、富士太郎が駆け寄る。富士太郎の体があざだらけであるのを、直之進は初めて知った。ひどいことをされていたのだ。かわいそうに。救い出すことができて本当によかった。

富士太郎はまっすぐ田津に飛びかかるように見えて、智代に抱きついた。両手を広げていた田津があっけにとられる。

「智ちゃん」

「富士太郎さん」

智代がひしと抱き返す。智代の目からおびただしい涙がこぼれる。富士太郎は、智代の胸に顔を預けて泣いている。

「なんか逆だな」

ぼやくように琢ノ介がいった。

「しかし富士太郎らしくていいか」

「ええ、よいのですよ」

田津が琢ノ介と直之進のあいだで微笑んでいる。

「あの子のいちばん大事な人は、今は智代さんですからね。これでよいのです」

心の底から田津がいったのが、直之進にはわかった。自分の目にも涙が浮いているのを自覚している。

珠吉も泣いていた。

よかった。

直之進は心底、思った。ほっとしたせいなのか、そのときちらりと鎌幸のことが直之進の脳裏に浮かんできた。

用心棒をしてほしいといっていたが、あれからどうしたのか。一度も見かけない。

今も鎌幸は用心棒を必要としているのだろうか。

気になったが、今は富士太郎を無事に救い出したことが、直之進はうれしくてならない。

六

ようやく昇った朝日が射し込んでくる。

だが、木々が鬱蒼としているこの場所に太陽の光は、ほとんど届かない。生い茂った枝や葉っぱに粉々にされてしまうのだ。

こんなに薄暗い場所で夜明け前から箒《ほうき》を使っていると、夜と変わらず藪蚊《やぶか》がぶんぶんと音を立てて襲来してくる。

一応、そばに蚊遣《かや》りは焚いてあるが、まったく効き目がない。

その上、ここ小石川伝通院の藪蚊は、ほかより大きいような気がしてならない。着物の上からも平気で刺してくるのだ。

――ほんと、たまらないよ。

全身がかゆくなってきている。修貫《しゅうかん》は首を振り、手を激しく動かして、藪蚊を追い払おうとした。

だが、いったん逃げ去ったかと思うと藪蚊たちはすぐにまた舞い戻ってきて、修貫の至るところを刺しはじめるのだ。

――早くここでの修行を終えて、実家に帰りたいよ。そうすれば、こんなに早くから掃除をさせられることもないからね。寺男に任せればいいんだからさ。まったく、浄土宗の名刹《めいさつ》だからって、人使いが荒いんだよ。それに、夏だってのに、なんでこんなに落ち葉が多いんだい。これが秋ならまだわかるんだけどさ。

ぶつぶつ文句をいって修貫はかゆみと戦いつつ、箒を動かし続けた。

まったくきりがないね。いつまでたっても終わりゃしない。ああ、腹が減ったね。

ふと、木の葉が降り積もったかのように、盛り上がっているのを見て、修貫は足を止めた。

ちょうどいいので、修貫はこれまで掃いた落ち葉をそこに集めようとした。

がつ、という感じで箒がなにかに当たった。

――なんだい、今のは。

箒を持つ手を止め、修貫は落ち葉の盛り上がりに目を当てた。

――おや。

なにか白い物がのぞいている。

――なんだろう。

しゃがみ込み、修貫はじっと見た。

人の手のような……。

落ち葉を手で払った。

「わあっ」

修貫は目をむいてひっくり返った。やはり人の手だったのだ。

――み、見まちがいじゃないよね。

あわわ、と唇を震わせつつ、修貫はもう一度、白い物に目をやった。

やはりまちがいない、人の手だ。

ということは、と修貫は思った。この落ち葉の中に、人の体が横たわっているということになるではないか。

紛れもなく死骸だろう。生きているとは、とても思えない。

――おや。

修貫は、なにか妙な物を見ているような気になった。

――あれ、この仏さん。ずいぶんおかしな指をしているね。

いや、それよりも、とにかく誰かを呼んでこなくちゃ。

立ち上がろうとしたが、修貫は腰が抜けてしまっていた。相変わらず藪蚊は襲ってきていたが、かゆみはまったく感じない。

こんなときだが修貫は、かゆみというのも気の持ちようなんだね、と感じた。なにかに集中していれば、なにも感じなくなるんだ。

修貫は悟りを開いたような気分になった。

そんなことを考えて気持ちが落ち着いたせいか、すっくと立ち上がることができた。

――本当に死んでいるのかな。

腰を叩きながらかがみ込んで修貫は、すべての落ち葉を払った。

「ああ」

修貫の口から嘆息が漏れ出た。

男が袈裟《けさ》懸《が》けに斬殺されているのが、一目でわかったからだ。ただし、死骸のそばに血だまりはないようだ。

男は刀を帯びている。一本差だ。脇差はない。袴は穿《は》いておらず、浪人のような着流し姿である。

歳は三十代半ばか。無念そうに目を大きく見開いている。

かわいそうに。

目を閉じ、修貫は両手を合わせた。

ちょっと待っていておくれよ。いま人を呼んでくるからさ。

目を開けた修貫は死骸をその場に残し、箒をぎゅっと握り締めて学寮に走っていった。

右手の中指が人さし指や薬指よりも短い死骸は、薄暗い杜の中、射し込んでくる光の加減か、大きく見開いた目にぎらりと光を宿したようだった。

この作品は双葉文庫のために書き下ろされました。

双葉文庫

す-08-31

口入屋用心棒《くちいれやようじんぼう》
徒目付《かちめつけ》の指《ゆび》

2015年7月19日　第1刷発行
2021年7月9日　第3刷発行

【著者】
鈴木英治《すずきえいじ》

【発行者】
箕浦克史
【発行所】
株式会社双葉社
〒162-8540 東京都新宿区東五軒町3番28号
[電話] 03-5261-4818(営業)　03-5261-4833(編集)
www.futabasha.co.jp
(双葉社の書籍・コミックが買えます)
【印刷所】
株式会社新藤慶昌堂
【製本所】
株式会社若林製本工場

【表紙・扉絵】南伸坊
【フォーマット・デザイン】日下潤一
【フォーマットデジタル印字】飯塚隆士

ISBN978-4-575-66730-1 C0193
Printed in Japan

秋山香乃
からくり文左 江戸夢奇談
風冴ゆる
長編時代小説〈書き下ろし〉
入れ歯職人の桜屋文左は、からくり師としても類まれな才能を持つ。その文左が、八百八町を震撼させる難事件に直面する。シリーズ第一弾。

秋山香乃
からくり文左 江戸夢奇談
黄昏に泣く
長編時代小説〈書き下ろし〉
文左の剣術の師にあたる徳兵衛が失踪した日の夕刻、文左と同じ町内に住む大工が、酷い姿で堀に浮かぶ。シリーズ第二弾。

秋山香乃
伊庭八郎幕末異聞
未熟者
長編時代小説〈書き下ろし〉
心形刀流の若き天才剣士・伊庭八郎が仕合に臨んだ相手は、古今無双の剣士・山岡鉄太郎だった。山岡の〝鉄砲突き〟を八郎は破れるのか。

秋山香乃
伊庭八郎幕末異聞
士道の値《あたい》
長編時代小説〈書き下ろし〉
江戸の町を震撼させる連続辻斬り事件が起きた。伊庭道場の若き天才剣士・伊庭八郎が、事件の探索に乗り出す。好評シリーズ第二弾。

秋山香乃
伊庭八郎幕末異聞
櫓《ろ》のない舟
長編時代小説〈書き下ろし〉
サダから六所宮のお守りが欲しいと頼まれ、府中まで出かけた伊庭八郎。そこで待ち受けていたものは……!? 好評シリーズ第三弾。

鈴木英治
口入屋用心棒 1
逃げ水の坂
長編時代小説〈書き下ろし〉
仔細あって木刀しか遣わない浪人、湯瀬直之進は、江戸小日向の口入屋・米田屋光右衛門の用心棒として雇われる。好評シリーズ第一弾。

鈴木英治
口入屋用心棒 2
匂い袋の宵
長編時代小説〈書き下ろし〉
湯瀬直之進が口入屋の米田屋光右衛門から請けた仕事は、元旗本の将棋の相手をすることだったが……。好評シリーズ第二弾。

鈴木英治

口入屋用心棒3

鹿威《ししおど》しの夢

長編時代小説〈書き下ろし〉

探し当てた妻千勢から出奔の理由を知らされた直之進は、事件の鍵を握る殺し屋、倉田佐之助の行方を追うが……。好評シリーズ第三弾。

鈴木英治

口入屋用心棒4

夕焼けの甍《いらか》

長編時代小説〈書き下ろし〉

佐之助の行方を追う直之進は、事件の背景にある藩内の勢力争いの真相を探る。折りしも沼里城主が危篤に陥り……。好評シリーズ第四弾。

鈴木英治

口入屋用心棒5

春風《はるかぜ》の太刀

長編時代小説〈書き下ろし〉

深手を負った直之進の傷もようやく癒えはじめた折りも折り、米田屋の長女おあきの亭主甚八が事件に巻き込まれる。好評シリーズ第五弾。

鈴木英治

口入屋用心棒6

仇討ちの朝

長編時代小説〈書き下ろし〉

倅の祥吉を連れておあきが実家の米田屋に戻った。そんな最中、千勢が勤める料亭・料永に不吉な影が忍び寄る。好評シリーズ第六弾。

鈴木英治

口入屋用心棒7

野良犬の夏

長編時代小説〈書き下ろし〉

湯瀬直之進は米の安売りの黒幕・島丘伸之丞を追う的場屋登兵衛の用心棒として、田端の別邸に泊まり込むが……。好評シリーズ第七弾。

鈴木英治

口入屋用心棒8

手向けの花

長編時代小説〈書き下ろし〉

殺し屋・土崎周蔵の手にかかり斬殺された中西道場一門の無念をはらすため、湯瀬直之進は復讐を誓う……。好評シリーズ第八弾。

鈴木英治

口入屋用心棒9

赤富士の空

長編時代小説〈書き下ろし〉

人殺しの廉で南町奉行所定廻り同心・樺山富士太郎が捕縛された。直之進と中間の珠吉は事の真相を探ろうと動き出す。好評シリーズ第九弾。

鈴木英治
口入屋用心棒10
雨上《あめあが》りの宮《みや》
長編時代小説
〈書き下ろし〉
死んだ緒加屋増左衛門の素性を確かめるため、探索を開始した湯瀬直之進。次第に明らかになっていく腐米汚職の実態。好評シリーズ第十弾。

鈴木英治
口入屋用心棒11
旅立ちの橋
長編時代小説
〈書き下ろし〉
腐米汚職の黒幕堀田備中守を追詰めようと策を練る直之進は、長く病床に伏していた沼里藩主誠興から使いを受ける。好評シリーズ第十一弾。

鈴木英治
口入屋用心棒12
待伏せの渓《たに》
長編時代小説
〈書き下ろし〉
堀田備中守の魔の手が故郷沼里にのびたことを知り、江戸を旅立った湯瀬直之進。その道中、直之進を狙う罠が……。シリーズ第十二弾。

鈴木英治
口入屋用心棒13
荒南風《あらはえ》の海
長編時代小説
〈書き下ろし〉
腐米汚職の真相を知る島丘伸之丞を捕えた湯瀬直之進は、海路江戸を目指していた。しかし、黒幕堀田備中守が島丘奪還を企み……。

鈴木英治
口入屋用心棒14
乳呑児《ちのみご》の瞳《め》
長編時代小説
〈書き下ろし〉
品川宿で姿を消した米田屋光右衛門の行方をさがすため、界隈で探索を開始した湯瀬直之進。一方、江戸でも同じような事件が続発していた。

鈴木英治
口入屋用心棒15
腕試しの辻
長編時代小説
〈書き下ろし〉
妻千勢が好意を寄せる佐之助が失踪した。複雑な思いを胸に直之進が探索を開始した矢先、千勢と暮らすお咲希がかどわかされかかる。

鈴木英治
口入屋用心棒16
裏鬼門《うらきもん》の変
長編時代小説
〈書き下ろし〉
ある夜、江戸市中に大砲が撃ち込まれる事件が発生した。勘定奉行配下の淀島登兵衛から探索を依頼された湯瀬直之進を待ち受けるのは!?

鈴木英治

口入屋用心棒17

火走《ひばし》りの城

長編時代小説〈書き下ろし〉

湯瀬直之進らの探索を嘲笑うかのように放たれた一発の大砲。賊の真の目的とは？　幕府の威信をかけた戦いが遂に大詰めを迎える！

鈴木英治

口入屋用心棒18

平蜘蛛《ひらぐも》の剣

長編時代小説〈書き下ろし〉

口入屋・山形屋の用心棒となった平川琢ノ介。あるじの警護に加わって早々に手練の刺客に襲われた琢ノ介は、湯瀬直之進に助太刀を頼む。

鈴木英治

口入屋用心棒19

毒飼《どくが》いの罠

長編時代小説〈書き下ろし〉

婚姻の報告をするため、おきくを同道し故郷沼里に向かった湯瀬直之進。一方江戸では樺山富士太郎が元岡っ引殺しの探索に奔走していた。

鈴木英治

口入屋用心棒20

跡継ぎの胤《たね》

長編時代小説〈書き下ろし〉

主君又太郎危篤の報を受け、沼里へ発った湯瀬直之進。跡目をめぐり動き出した様々な思惑、直之進がお家の危機に立ち向かう。

鈴木英治

口入屋用心棒21

闇隠《やみがく》れの刃

長編時代小説〈書き下ろし〉

江戸の町で義賊と噂される窃盗団が跳梁するなか、大店に忍び込もうとする一味と遭遇した佐之助は、賊の用心棒に斬られてしまう。

鈴木英治

口入屋用心棒22

包丁人の首

長編時代小説〈書き下ろし〉

拐かされた弟房興の身を案じ、急遽江戸入りした沼里藩主の真興に隻眼の刺客が襲いかかる！沼里藩の危機に、湯瀬直之進が立ち上がった。

鈴木英治

口入屋用心棒23

身過《みす》ぎの錐《きり》

長編時代小説〈書き下ろし〉

米田屋光右衛門の病が気掛りな湯瀬直之進は、高名な医者雄哲に診察を依頼する。そんな折、平川琢ノ介が富くじで大金を手にするが……。

鈴木英治
口入屋用心棒24
緋木瓜《ひぼけ》の仇《あだ》
長編時代小説〈書き下ろし〉
徐々に体力が回復し、時々出歩くようになった米田屋光右衛門。そんな折り、直之進のもとに光右衛門が根岸の道場で倒れたとの知らせが！

鈴木英治
口入屋用心棒25
守り刀の声
長編時代小説〈書き下ろし〉
老中首座にして腐米騒動の首謀者であった堀田正朝。取り潰しとなった堀田家の残党に盟友和四郎を殺された湯瀬直之進は復讐を誓う。

鈴木英治
口入屋用心棒26
兜割《かぶとわ》りの影
長編時代小説〈書き下ろし〉
江戸市中で幕府勘定方役人が殺された。その惨殺死体を目の当たりにし、相当な手練による犯行と踏んだ湯瀬直之進は探索を開始する。

鈴木英治
口入屋用心棒27
判《はん》じ物《もの》の主《ぬし》
長編時代小説〈書き下ろし〉
呉服商の船越屋岐助から日本橋の料亭に呼び出された湯瀬直之進は、料亭のそばで事切れていた岐助を発見する。シリーズ第二十七弾。

鈴木英治
口入屋用心棒28
遺言状の願《ねが》い
長編時代小説〈書き下ろし〉
遺言に従い、光右衛門の故郷常陸国・鹿島に旅立った湯瀬直之進とおきく夫婦。そこで、思いもよらぬ光右衛門の過去を知らされる。

鈴木英治
口入屋用心棒29
九層倍《くそうばい》の怨《うらみ》
長編時代小説〈書き下ろし〉
八十吉殺しの探索に行き詰まる樺山富士太郎。湯瀬直之進が手助けを始めた矢先、掏摸に遭った薬種問屋古笹屋と再会し用心棒を頼まれる。

鈴木英治
口入屋用心棒30
目利《めき》きの難《なん》
長編時代小説〈書き下ろし〉
江都一の通人、佐賀大左衛門の元に三振りの刀が持ち込まれた。目利きを依頼された大左衛門だったが、その刀が元で災難に見舞われる。